2006年　ベラルーシ共和国。放射能汚染地のサナトリウムで。折り紙を喜ぶ子どもたちと。

1995年　カルカッタ。マザーハウスでのボランティアの後訪れた街の中で。

2003年　カンボジアのシェムリアップの山奥。クルーサットリメイ孤児院を訪ねて。

マネージャーとして公演準備をする傍ら、舞台に立つ筆者。

2004年　スリランカ南端の小学校校庭。トタン屋根の舞台で。

ムーンリヴァー

世界の30万人に
感動の舞台を届けたボランティアの記録

菊池峰子
Mineko Kikuchi

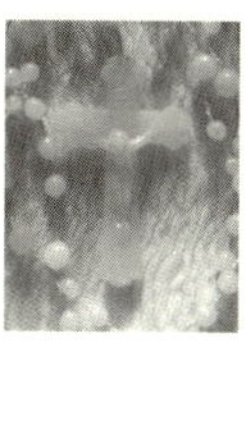

マザー・テレサから手渡されたロザリオと
オードリーからの夢の伝言

文芸社

はじめに

私は大学を卒業後、地方局アナウンサーとしてスタートし、プロダクションの社長、ホテルの営業企画室長とキャリアを重ねておりましたが、四十歳ですべての仕事を辞めて、世界の貧しい地域を訪れることになる足かけ七年のボランティアの生活に入りました。

その頃は、今のようにボランティアが特段に注目されることもない時代で、私もマザー・テレサに会うまでは、ボランティアに対し、ごくごく一般的な視点を持つ人間でした。しかし、カルカッタでのマザー・テレサとの出会いで、「あなたたちはインドまで来なくても日本ですることがあるのではないのですか」という言葉をいただいたのが、すべての始まりになったのです。

既に素人劇団を立ち上げていましたが、遊び感覚で始めたことで、最初からボランティアをしよう、世のため人のためになろうなどという考えを持っていたわけではありません。

しかしマザーの言葉から、「日本にはインドのように行き倒れの人はいないけれど、お金持ちでも貧乏でも人が心を病むのは一緒。私たちは心を癒す劇団になろう」という劇団座長の主旨のもとに、活動が始まりました。身近な国内から始まったボランティアが、縁から縁へとつながり、私はマネージャーとして、次第に世界の最も恵まれない地域の人々に喜んでもらうための公演を準備する役割をさせていただくようになったのです。

現地で公演準備を行っていく中で、世界の子どもたちの置かれた大変厳しい状況を目の当たりにした私は劇団生活にピリオドを打った後、私なりのボランティアをしたいと思っていました。

そんなある日、私の夢にあのオードリー・ヘプバーンが現れたのです。

「心を強く持ちなさい。あなたの信念を曲げることはない。勇気を持ちなさい。あなたの夢を決してあきらめてはいけない。私の時と同様に、あなたを偽善者と言う人はたくさんいるでしょう。でも、私を待っていてくれる子どもたちがたくさんいました。くじけそうになった時には、無邪気に触れてきた子どもたちのあの手の湿った感じを思い出しなさい。私もあの子たちの小さな手に何度救われたことか。仲間よ、それだけ伝えたかったのよ。私の軌跡を辿り、あなたの信じた道を行きなさい」

そう、私は子どもの湿った手を知っているのです。それはタイで出会ったエイズの子どもでした。

夢から目覚めた私は、そのことをオードリーが知っていたことに驚くと同時に、彼女の言葉に励まされ、涙しました。

それから数か月後、知人のコンサートが開かれているサントリーホールに招かれた時のことです。エンディングで出演者の女性歌手三人が合唱したよく聞きなれた曲「ムーンリヴァー」を聞いた瞬間に、私がこれから子どもたちのために活動する団体の名前は、「ムーンリヴァー」にしようと心に決めたのです。しかし、その時はまだ「ムーンリヴァー」が何の映画の曲かは知りませんでした。

一月くらいたってからインターネットで調べた私は、「ムーンリヴァー」がオードリー・ヘプバーン主演の「ティファニーで朝食を」の主題曲だと知り、全身が総毛立ちました。

世界で困難な場面に遭遇した時、私はいつも見えない糸に導かれていました。

信念を持ち、捨て身になって見えない橋を渡ろうと心を決め、一歩踏み出した瞬間に、インディ・ジョーンズの映画のように私の前に確かに「ムーンリヴァー」への橋は出現したのです。

そして「神様は必ず必要な人を遣わせてくれる」ということを見せていただきました。

小さい頃は、母が読み聞かせてくれたディズニーのピーター・パンやティンカー・ベルにいつでも会えると、私は心から信じていました。

「ムーンリヴァー」は愛や勇気、希望に満ちあふれた彼方です。

私にできることは小さいかもしれませんが、子どもたちの夢を銀河に輝く「ムーンリヴァー」の道に結んであげたいと心から願っております。

日本ほど恵まれている国はないことを知り、それに感謝することができたら、世界の最も厳しい境遇で生きる人々に手を差し伸べるチャンスは誰にでも訪れるでしょう。

劇団座長は大変深い愛情を持って、人生哲学を教え育ててくださり、世界に感動を届ける素晴らしい活動を続けていらっしゃいます。

私は、大変お世話になった劇団を、これからも陰ながら応援させていただきたいと思います。

本書では、世界の恵まれない方々に感動を届けるという劇団の活動の中で、私がマネージャーとして経験した出来事、感じたことを書き記させていただきました。

二〇〇九年三月

菊池峰子

ムーンリヴァー◎目次

第一章　マザー・テレサとの出会い　一九九五年二月
―世界で最も恵まれない国々で三十万人を招待するボランティアの始まり―

マザー・テレサを訪ねて、生まれて初めてのボランティアへ

きっかけは、私が心の師と仰いでいる先生のお話でした。

「私たちが普通に生きていて、世界の聖人、ローマ法王様、ダライ・ラマ様、マザー・テレサ様にお会いできる機会というのは滅多にありません。しかし、マザーなら、ボランティアに行けば、会える機会が訪れるかもしれません。聖人と直にお会いすることで、あなたたちは何かを感じ、多くを学ぶことができるでしょう」

マザー・テレサが亡くなる二年前の一九九五年、あの阪神淡路大震災の翌月、私は生まれて初めてのボランティアに出発したのです。

死体なのかまだ生きているのかわからないぼろ布に覆われた人間が道に横たわり、汚物がそこら中に転がっているようなカルカッタの街中。ガンジス河の上流からは死体を焼く煙が立ち上り、死体を焼いた灰が流れてくる下流で人々が祈り沐浴する。この河が聖なる河と言われる所以は、今、目の当たりにしているように、まさに生死の境を司っているからかとも思われました。

この時の強烈な印象で、インドは、私の中に世界で最も貧しい国の一つとして記憶されました。

マザーハウス「死を待つ家」への配属

私が最初に配属されたのは、マザーハウスのいくつかある施設の中の一つ、「死を待つ家」でした。貧民街の狭い道を通り抜け、突然目の前に現れた二階建ての建物「死を待つ家」。そこには、その名の通り死を待つばかりの人々、男女合わせて約百人が収容されていました。

男女の部屋は左右に分かれ、建物の入り口を入ってすぐの右側が女性たちの部屋で、整然とベッドが並んでいます。私たちを迎えたシスターに「どうぞお世話してください」とだけ言われた私は、一体何をどうしたらいいのか？　と戸惑いながら、改めて部屋全体を見渡しました。

粗末な鉄のパイプベッドには洗いざらしのシーツが敷かれ、静かに座っている人、頭がおかしくなっているのか四六時中叫んでいるような人、様々な患者がいます。

これまでに介護やボランティアの体験等がまったくない私には、病人に直に接することには、やはり怖さが先に立ちます。私は重症に見えるような人は避けて、比較的軽症の患者さんを探しました。しかし、私が選んだその中の一人の人と目が合った瞬間、私の全身に微弱な電気が走るような感覚を覚えました。その時、私は「死を待つ家」の粗末なベッドに座る彼女から、実は私が何もできない本当にちっぽけな人間だということを、無言のうちに教えられたような気がしました。または、その人ではなく、何か別の存在からだったのかもしれません。

その頃の私は、東京の中心に事務所を構えるプロダクションの社長でした。一見華やかに見える仕事です。しかし、虚飾の衣でどんなに身を飾っていても、そんなことは人間の本質的な価値とはなんの関係もないということを感じたのです。

「死を待つ家」の人々は、家族がいない、お金も家も地位も名誉もない、そして命も残されていないのです。だからこそ、魂を見通す神の目にも成り得るのでしょう。

そうしているうちにも「死を待つ家」には緊急の患者が運ばれてきます。

コンクリートでできた粗末な石の洗い場で、シスターが、その悪臭が漂う黒光りする物体、目を凝らして見なければ、到底人間の身体とは判別できないような塊を洗っています。

一体どのくらい洗ったら地肌が出てくるのだろうというくらい泥や垢がこびりついている物体が、人間として再び息を吹き返すよう、黙々と作業を進めるシスター。

これが私が目の前で立ち会った、道端に倒れている人と同じ場所に降りて救うという、最も貧しい人々に仕えるシスターの姿です。

マザーハウスで歌と踊り

マザーハウスには障害を持つ子どもたちの家、特に重度の奇形の子どもたちの施設など様々な施設がありますが、私が次に配属されたのは普通の病院でした。

しかしそこには、コンクリート打ちっぱなしの壁がかえって清々しい気さえ放っているような「死を待つ家」とは違い、エントランスを一歩入ったところから暗闇にうずくまる人々の目に射すくめられ、入るのをためらうような雰囲気がありました。

ここでも、自分の仕事は自分で見つけなければなりません。私たちのグループ三人は、世界中から来ているボランティアの人たちに混じって、洗濯場の仕事を始めました。

洗濯機などありませんから、すべて手作業です。シーツの汚れを棒で叩き、時には足で踏みしめて洗い、最後は二人がかりでねじって絞ります。そして両手いっぱいに重い洗濯物を抱え、狭い木の階段を登り継ぎ、やっと3Fの物干し場に到着すると、頭上にカルカッタの青空がいっぱいに広がります。物干し場に翻る洗濯物の隙間をかいくぐっては持ってきた洗濯物を広げていきます。

洗濯が一段落した頃、誰かがシスターに「この人たち歌と踊りができるんですよ」と言ったのがきっかけとなり、私たちは思いがけなくも世界のマザーハウスで歌い、踊ることになりました。

あまりにも暗く沈んでいる病院でしたので、最初は本当に歌って踊ってもいいのかなと、階段の踊り場の前で、遠慮がちに「お嫁サンバ」を歌い、小さな輪を作って踊り始めました。

何故「お嫁サンバ」かというと、すぐに歌詞が出てくるのがこの歌だったのです。

私たちが歌い始めると踊り場に小さな輪ができ、ダンスが始まりました。すると壁に向かいベッドに沈み込んでいた人々や、頭から毛布を被って寝ていた女の子が起き上がりました。続いて、通行を妨げ入り口を塞ぐように座っていたおじさんも目を輝かせ、とうとうみんなが手をつなぎ踊り始めました。

そして、次第に踊りの輪は屋内に収まりきれなくなり、中庭へと飛び出し、みるみるうちに大きくなっていきました。いつのまにか歌の合間にはリズムに合わせて、それぞれ順番に自分の名前を言い合っていました。そこには、入所者とボランティアの垣根はありません。

この出来事によって、絶望のカーテンに覆われていたような暗い雰囲気が一変して、人々のはじけるような笑顔で施設は喜びに満ち溢れたのです。

マザー・テレサからの直接の言葉

ボランティアを終えたある日、「よろしければ夕方の礼拝に参加なさいませんか」というシスターの言葉で、私たちは貧民街の木造の建物の2Fにある教会に案内されました。

狭く簡素な教会に人がいっぱいになった頃、床に座った私は、きっとマザーが祭壇の前に立って、礼拝の総指揮をとるのだろうと思い、どきどきしながらその方の登場を待っていました。

しかしいつまでたってもマザーは現れません。中庭では、どうもマザーらしい声がシスターを叱責しているのが聞こえてきます。多くのシスターたちを統率し、世界中に貧者を救う活動を広げていった聖者には、私たちに計り知れないご苦労があったことでしょう。

しばらくの静寂の後、こんこんと小さく床を叩く音が響くと、ゆるやかな賛美歌の声が流れ礼拝がスタートしたのです。

振り返るとマザーが、一番後ろに小さく静かに座っていらっしゃいました。

礼拝の後、マザーが私たちのグループのためにお話ししてくださると言われ、別室で待機しました。しばらくするとマザーが現れ、とうとう私は、ほんの少し近づけば聖者に手が届くほどの距離にいました。特徴のある鼻、深い皺が刻まれた顔、そしてがっしりと大地を踏みしめる太い足、私は直近でマザーを下から見上げていました。マザーが言いました。

「あなたたちはインドまで来なくても、日本ですることがあるのではないですか」

それはシンプルだけれど大変衝撃的な言葉でした。マザーから私の人生に手渡されたメッセージです。生き倒れの人を目前にしたことがきっかけで始まったマザーの活動、しかし、インドと違い、日本には行き倒れの人は、ほとんどいないでしょう。私はマザーから投げかけられた「これからするべきこと」それは一体何なのだろうという思いを胸に帰国したのです。

最近、たまたま手にした「ＴＩＭＥ」誌で、この礼拝所の写真が掲載されているのを目にしま

マザー・テレサの手から直接いただいたロザリオ。

した。祈りと奉仕が世界へ発信されたマザーの原点である礼拝所で、あの青い線が入った白い衣を着たマザーのお体に触れ、マザーの手から直接ロザリオをいただいた時間。私はマザーと会うことができた尊さを改めて感じました。

マザー・テレサは亡くなり、もうお会いすることはできません。

しかし、一時でもマザーが息づく時間を共有できた私は幸せです。

今にも切れそうな木綿の糸でつながれたグリーンのプラスチックのロザリオが、唯一マザーを感じさせるものとして、今でも私の手元に残っています。私はカルカッタに実際に身を運ぶことにより、書物で読んだ知識ではなく、自ら感じて学ぶ体験をし、自分の狭い世界観を変えることができたのです。日本で生まれ今まで当たり前のように過ごしてきたことが、本当はとても恵まれていることだということを深く自覚させられたのです。

後に世界を訪れる活動の始まりになったのが、この時いただいたマザーの言葉でした。

聖者マザー・テレサとの出会いは、自分が受けた恩恵を返していく、そのような生き方を目指していく始まりとなりました。

第二章　劇団のデビュー

人生の再出発　一九九〇年

それはバブルが終焉に近づいていた頃、マザーに会う五年前のことでした。

私は、生きている限り自分の可能性に挑戦したいという思いを捨てきれず、何不自由ない裕福な生活をさせてくれる夫の庇護のもとで家庭人として生きるのではなく、再び、社会に飛び出すことになりました。

当時は、今のように転職サイトなどが盛んな時代ではなく、大学を卒業してから地方局のアナウンサーを経験したとはいえ、六年間、社会と関わらない主婦生活を送り、三十歳を過ぎた女性が東京で仕事を探すということは、大変勇気がいることでした。

私は、大学時代の友人が経営する会社で、所属の女性タレントに話し方の指導をすることから始めましたが、半年後には、イベント企画、プロダクションの自分の会社を立ち上げたのです。

知り合いの紹介や町で自ら女の子をスカウトすることで、徐々に所属のリポーターやモデルを増やしていきましたが、しばらく経つと、友人の紹介で元オリンピック選手のタレントが移籍してきました。彼女はニュースキャスター、トークショーのレギュラーをとり、バラエティ番組にもよく出演するようになったのです。

私は番組のテロップでプロデューサー名を調べ、所属タレントを売り込むために、直接テレビ局に行って営業をしました。当時、斬新な企画でヒット番組を作っていた人気プロデューサーには、撮影中のスタジオに洋服や何かお土産を持って訪れては話を聞いていただき、とうとう「事務所の企画会議に出ていいよ」と言われるようになっていました。

そのようにもともとのキャラクターのみを頼りに仕事をしていた私に、会社経営や人間関係について困ることがあると、相談をし、人生の師匠と呼び、慕うようになった方（後の劇団座長）ができました。その方は、私が請け負ったイベントの衣装デザイナーを探していた時、原宿のファッションメーカーの部長さんから紹介されたのです。その部長さんと師匠は十年ぶりに、原宿の竹下通りでばったりと再会したそうです。師匠は私より十歳年上、有名ファッションデザイナーの会社で働いた後、独立してファッションメーカーを作り、一時は年商二十億まで売り上げたこともあったそうですが、お会いした当時は既に会社が倒産して、下町でアトリエをしていました。

私は日々起こる様々なトラブルや人間関係を、実践経験豊かな師匠に相談するようになっていきました。

困ったことがあると師匠のアトリエに押しかけて、ご飯をご馳走になりながら、ある時は叱られ、励まされ、また頑張ろうと帰っていくのでした。それは自分の心の在り方であったり、具体的に対処する実践の知恵でもありました。

ところが日本でも三本の指に入るような大手代理店から請け負い、準備していたイベントの仕事が途中でキャンセルされるトラブルが起きました。最初は顧問弁護士さんを通じて、相手方の担当部長と弁護士事務所で会見しましたが、まったく相手にもしないという態度です。

しかし、随分準備をしていたし、参加者のスケジュールを押さえていたこともあり、弁護士さんと相談して、その大手代理店の社長宛に内容証明を送りました。

私のような弱小プロダクションがこのような大きな代理店に内容証明を送るということは、まるでアリが象に立ち向かっていくようなものです。

「相手にもしてもらえないよ」とか、「業界で干されて、今後仕事ができなくなるよ」という人もいました。

しかし、干されるほど大きくもなく、名前のある事務所でもなく、なくすものは何もないのです。筋の通らないことに目をつぶり、関係者に迷惑をかけるほうが、私のこの先はないと考えました。

「弱い立場の者を泣かせる業界の体質は良くない」という正義感の強い老齢の顧問弁護士さんのおかげで、仕事の契約は事実上成立して、準備を進めていたということを状況証拠で証明し、その代理店から六百万円を支払ってもらうことができました。

私の甘い判断ミスから引き起こしたことでしたが、準備にかかわった人々に対して多少なりとも支払いをしてお詫びをすることができました。

後から思えば、途中何度も危険信号がでていたのに、見積もりの数字の大きさに目がくらみ、「そんなはずはない」と自分の都合のいいように解釈して進めてしまったのです。

このことによって、自分が勝手に作り上げた欲が正しい判断を曇らせるのだということを身にしみて教えられたのでした。

劇団のデビュー　一九九五年一月

そんなある日、師匠と私は、知人の独り芝居を見に行くことになりました。

出演者は勿論一人、舞台設備も壁かけ一枚の簡単なものなのに、お漏らししそうなほど大笑いさせてくれる芝居を見て、私は、これなら自分たちもできるのではないかと思いました。

私は早速、師匠に「劇団を作りましょうよ。アナウンサーの私がきっちりとナレーションをして、芸達者な師匠が面白おかしく演じたら、すごく受けますよ」と言ったのです。

そんなことから始まり、徐々に周りの人間を役者に仕立てて参加させ、素人劇団が生まれました。それぞれが仕事を持っていますから、たまに知人のパーティに出演するぐらいのお遊びの活動です。

ところがしばらくして、劇団を作ったことを知った師匠の知人のプロデューサーが名前をつけてくださり、とうとう地方のホテルでデビュー公演となるディナーショーまで決めてくださったのです。

内容は楊貴妃のマイフェアレディ版、楊貴妃は実は田舎娘だったという想定で、第一部は田舎娘の楊貴妃がお妃オーディションに合格して洗練されていく様子、第二部では宮廷での熾烈な女たちの争いの中で、楊貴妃が苦しみながらも人間的に成長していく姿を、芝居と踊りで進めていく。笑いあり、涙あり、そして元気がでるお芝居です。

ところがデビュー公演を二日後に控えた一月十七日、奇しくも阪神淡路大震災が起こりました。

姫路の知人が、福岡経由でやっとの思いで公演に駆けつけてくれるような未曾有の大震災の混乱の渦中、後に国際文化交流劇団となる劇団が誕生したのです。

マザー・テレサに会う一か月前のことです。

第三章　ハンセン氏病療養所への慰問公演
―ライ予防法廃止の五年前、大島青松園から始まった慰問―

劇団のデビュー公演の後、二月にカルカッタでマザー・テレサにお会いして帰国してから、翌三月中旬に、私たちはマザーハウスにお連れいただだいた先生の呼びかけで、阪神淡路大震災の被災地に、炊き出しのボランティアに駆けつけていました。私にとってはカルタッタのマザーハウスにつぐ、人生で二番目のボランティアです。今から振り返るとこの時期は、私の人生の中で種ともいえる意味のある出来事が次々とやってきていたようです。

震災の発生から二か月しかたっていない阪神地方は未だ混沌としていて、途中の道の状態がどうなっているかという情報もまったく定かではありませんでした。私たちのグループは東京から車で出発し、姫路から駆けつけてくれた知人の誘導で、原形を留めないほど崩壊している高速道路の傍らを走り、焼け野原になった長田地区を通り抜け、まさに道なき道を走りつぎました。

一瞬にしてすべてを崩壊させた地震の恐ろしさを目の当たりにしたのです。

前日から何時間も車を走らせ、とうとう小学校の校庭に到着した私たちは、避難生活を送っている人々のために、温かい炊き出しを作りました。ここでは、発泡スチロールの容器に入ったたった一杯の温かいうどんや豚汁が、なんという御馳走なのでしょう。

本当にささやかな奉仕ですが、私は、笑顔と共に被災者にこれを手渡しするたびに、少しでも喜んでいただけたこと、私でも役に立つことができたことを、ただただ嬉しく思いました。

大島青松園へ

マザー・テレサから投げかけられた「私たちが日本でするべきこと」。その答えは意外にも早く、向こうから飛び込んできました。

阪神地方に炊き出しに行ってしばらくしてから、香川県に住む座長の知人から、ハンセン氏病療養所に慰問にいかないかという話がきたのです。

私はこの時初めて、この近代的な日本でハンセン氏病患者の強制収容が行われたことを知りました。ハンセン氏病は不治の病として忌み嫌われ、発病とともに家族から引き離されて、強制収容所に隔離され迫害された人々がいたのです。

十月初旬、深夜に茨城から、衣装を積んだ二台のワゴン車にメンバー十名が乗り込んで出発し、運転を交代して夜中走り、朝七時に香川県木田郡（現高松市）の庵治港に到着しました。早朝で港には人影も見られませんが、国立療養所大島青松園のある大島行きフェリーの切符売り場は一般切符売場の一番端、ひっそりと目立たない場所にありました。私たちは、庵治港から大島青松園に生活物資を運ぶ業者さんのモーターボートに乗せていただけることになっています。

庵治港から大島までは近いように見えますが、モーターボートで約三十分かかります。衣装をつめこんだクリアケースを船の上にきれいに並べ、その隙間に座ると、船が揺れる度に水しぶきが多少かかります。モーターボートがフルスピードで走ると、十月とはいえ流石に風が冷たく感じられる中、島に到着する前に、前夜、出発前に作ってきたおにぎりを頬張ります。

島の周りは潮流が早く、泳いで逃げ出そうとして亡くなった方もいらっしゃると聞きました。遠くに広がる美しい水面、穏やかな砂浜からは想像もつきません。

船着き場に到着して、ボートから荷物を下ろし、荷物を運びながら会場に近づいていきますが、名前の由来である松の木が立つ美しい庭園に人影は見られず、物音も聞こえません。まるでここだけ、いつからか時間が止まってしまったような空気が流れているのです。

会場となる古い公会堂に案内されると、そこには昭和初期のような風情を残した舞台と客席がありました。ホコリが被ったステージ、壊れかけた椅子、舞台両袖の畳の楽屋には陽に焼けた畳と古ぼけた窓枠を有し、年代を経た簡素な家具が雑然とおいてあります。普段は訪れる人もなく、時折、入園者のカラオケ大会に使われるだけだそうです。

一人でも多くの入園者に来場してもらうために、私は島内に流れる放送室から公演の案内をす

ることにしました。大きなマイクの前に座り、

「ぴーんぽーん、ぱーんぽーん」

「皆さんこんにちは、私たちは、たった今、茨城県から到着した劇団です。今日の一時から、公会堂で楽しい歌や踊りのステージをお届けします。懐かしい曲や楽しい曲、きれいな衣装もたくさん用意しています。ぜひ来てくださいね」

と呼びかけます。

さらに全員が衣装に着替え、鳴物を持って案内に回ることにしました。島の中には、同じような造りの小さな住宅が何軒も並んでいますが、病棟の一室ごと、一軒ごと、グループに分かれて訪問します。

「こんにちは」玄関先から何度か呼びかけると、やっと中から人が出てきてくださいます。障子の横から恥ずかしそうに少し顔を出してくださる方もいます。

無理もありません。家族が訪れることもほとんどなく、普段は外部の人との接触がめったにないのですから。

それでも玄関の中に入り、「一時からですからね。絶対来てくださいよ。待ってますよ」と、近づいて手を握り締めると、とても嬉しそうにしてくださいました。

施設内を一回りした後、控え室に用意された座敷に案内されると、そこには尾頭つきの海老が入った豪華な弁当の昼食が並んでいました。

掃除が行き届いた部屋、磨き上げられた台所、清々しくかけられた洗いざらしの布巾、これらを用意してくれた入園者たちは、ここでは私たちの前に姿を見せませんが、私たちの訪問を心から迎えてくれているという気遣いが、言葉以上に、すべての佇まいから伝わってきます。

島には「風の舞い」という場所があります。

発病の告知を受けた途端に、親や子ども、主人から引き離され、強制隔離された入園者たち、業病と忌み嫌われたハンセン氏病患者ということで、肉親の縁を切られた方々が多いと聞いています。

「風の舞い」は火葬場につけられた名前です。

生きて帰ることは許されなくても、死んで灰になっても、風に乗って故郷に帰りたい、愛する人々の元に戻りたいという思いが込められています。

この方々の歩まれた人生を思えば、私には何もできないけれど、今日ひと時でも、できる限り楽しんでいただきたいという思いでいっぱいでした。

毎年来るから、待っててね

公演が終わり、私たちが会場から荷物を運び出して港に着くと、そこには二十人くらいの入園者がいました。みんなどこかへ出かけるのかなと思ったら、なんと私たちの見送りに来てくれていたのです。

「楽しかったよ」

「おかげで元気が出たよ。ありがとう」

「来年もまた来るから、それまで絶対元気でいてね。待っていてね」

「部屋にポスターを貼って顔を見て待っているよ」

「おばちゃん、元気でね」

公演を楽しんでくださった入園者の皆さんと肩を抱き合って別れを惜しみ、再会を約束します。

船が港を離れると、私たちが自然に口ずさんだのが「好きになった人」でした。

「たとえ別れて　暮らしても
お嫁なんかにゃ　行かないわ
待って　待って　待っているのよ　独りでいるわ
さよなら　さよなら　好きになった人」

港の先端からひとかたまりになって手を振る入園者の顔が涙で滲んで見えなくなり、姿が消えるまで歌を歌い、手を振り続けました。この時からこの歌が、私たちのお別れのテーマソングになりました。

当時、平均年齢が七十五歳だった入園者たちは、次の年に行くと、何度もビデオを見てくださっているようで、芸名で呼んでくださいました。しかし、港まで来て声をかけてくれたおばあちゃんの姿が見えないことに気づきます。

今は進行をとめる薬があるそうですが、発病から何年すると目が見えなくなる段階とか、どういう症状がでてくるかとわかっているだけに、生きながらにして手足をもがれていくような苦しみがあったそうです。

入園者の書いた手記には、想像を絶する迫害、心の傷がつづられています。このような苦しみが存在したことを知り、人々の悲しみを思うと、涙で文字を辿ることが困難になっていきます。


元オリンピック選手のメインタレントが芸能活動を引退するのをきっかけに、プロダクションを閉めた私は、日本で初めてのイベント会場と銘打った建物をプロデュースする横浜の会社に営業企画室長として迎えて頂きました。その会社のオーナーには、以前から、イベント企画やスタッフ教育の仕事を発注して頂き、大変お世話になっていたのです。それまでとはまったく違った会社組織の中での仕事ですが、もともと人がやらないことを一から始めるのが好きな私は、他社に先駆けていち早く新企画を開発しました。

日本で最も人気の高いフレンチのシェフがコーディネートするレストラン、豪華なパーティルームを持つ七階建ての会場を有する会社で、私は新プランを企画し、三か月間のマーケティング、テスト営業により、新規売上記録を作ったのです。

また、私は、劇団の公演を会社のイベントとして企画しました。

音響照明が完備した地下のイベントホールにステージを設置し、おいしいフレンチブッフェ料理と芝居公演をセットにした一万円のチケットで二百人を集客する企画です。当然、営業会議では「社員がプライベートでやっている劇団の公演を会社でするなんておかしい」という反対の声が上がりました。

しかし、会社といっても普通の会社ではなくイベント企画会社です。有名なタレントを呼ぶ予算はなく、企画に行き詰まっていました。私の日頃の営業は、とにかくお客様と親しくおつきあいすることだったので、私が出演する舞台であれば、喜んでチケットを買ってくださる多くのお得意様がいました。今から考えれば、未熟な芸によくおつきあいくださったと申し訳ない気持ちですが、社内の反対を押し切り、実施することで、売上を確保し、生の舞台を踏むことにより劇団の実力をあげるチャンスを得、また私のお客様にも喜んでいただけるという大変な効果があったのです。

そのイベントホールで「楊貴妃伝」「出雲の阿国」「滝の白糸」等、踊りと芝居を組み合わせた公演を次々行っていくことで、劇団の基礎となる舞台の経験を踏ませていただいたわけです。

それは、「出雲の阿国」の公演の前日のことでした。郡山の実家から、心筋梗塞で入院していた父が亡くなったという連絡が入ったのです。しかし、小さい劇団でも、二百枚のチケットを販売しているからには、明日の本番を控え、父が亡くなったからと私が抜けるわけにはいきませんでした。全体のストーリーテラーの役である私の代役がきかないのです。

集まった親戚一同からは、どうして長女の私が通夜に戻ってこないのか、私のために葬式の段取りを変えるのかと、当然、非難の声が上がったそうです。しかし弟が「姉は、あいつなりに都会で必死に頑張って生きているんです。そんなあいつを自分は応援してやりたいんです。どうか許してやってください」と頭を下げて頼んでくれたということを聞かされました。

私が離婚した時も、打ちひしがれた私が一人で歩いていけるように、上京して、引っ越しから次の住まいを借りるまで付き添ってくれた弟ですが、今回もそのように私を思い、庇ってくれたことに胸が詰まる思いでした。

通夜を欠席して公演を無事終え、駆けつけた私は、父の遺体が火葬場にいくことを一日遅らせてくれた弟の計らいで、父に対面することができました。晩酌をしてご機嫌になると、応接間の古い大きなステレオで大好きな「蘇州夜曲」のレコードをかけてダンスを踊っていた父。生きている時は言葉を交わすことも少ない親子でしたが、我儘な私の最大の応援者であった父との別れでした。

その頃の私に休みはありませんでした。会社が休みの日は座長の家に行って話を聞くのが楽しみで、また、マザーのところにお連れいただいた先生の講演会に参加したり、年に数度先生のツアーで、多くの世界の聖地、文化発祥の地を訪れるようになっていました。

先生がフィレンツェの花の聖母寺院の七百年祭に招待された時には同行させていただき、ローマ法王の代理で出席されたバチカンの枢機卿のすぐ後ろの席で式典に参列させていただきました。

イスラエルではキリストが十字架を背負い最後に歩いた道を辿り、二千年前にキリストが嘆いたというオリーブの木に実際に触れることで、キリストが確かに存在していたのだということを感じ、また、仏陀生誕の地ルンビニや、モーゼが十戒を授かったというシナイ山登頂などをはじめとして、今、振りかえってみると、世界遺産と言われるところにも数多く訪れました。

中学生の時に歴史の教科書でインドのアジャンタ石窟寺院の写真を見て、大きくなったら絶対にここを訪れたいと思っていた私は、文化遺産が大好きでした。なぜならそこには、愛、喜び、悲しみ、別れ、人が生きてきたロマンがあるからです。

三十代に働いたお金と時間をすべて費やして私が得たものは、世界を観ること、使命を持って時代時代に現れた聖者たちが発信していた声を、その地で感じることでした。これが後の活動の礎になっていったのです。

こうして海外に行く休みを取るためにも、会社では仕事の成果を上げる必要があり、忙しい毎日でしたが、父の妹で一番近しい叔母が肺ガンになり、東京のガン専門病院に入院したため、仕事が終わると、横浜の山下町から往復三時間かけて病院に通うようになりました。

化学の研究一筋で生きてきた大学教授の叔母を東京で世話をする身内は私しかいません。

すべての検査が終わった時、私は家族として医師から呼ばれ、叔母の全身にガンが転移し、余命が数か月と告げられました。私は、叔母の最期の日々と命を託されたのです。

私は、私が説明を受けた部屋と目と鼻の先にある病室で医師からの話の内容を待つ叔母のところに帰ることができず、給湯室で涙を必死にこらえました。叔母には、泣いたということを気づかれてはならず、また、長い間戻らず不審に思われてもなりません。

私が戻るのを待ちかねていた叔母は、病室のドアを開けるや否や不安げに、「先生は何ておっしゃったの？」と聞きました。

私は、「先生は、ひと通りの検査は終了したので、これから治療に入りますよって、説明してくださったよ」と言い、叔母を安心させました。

お灸をすると体が楽になってぐっすり眠れるというので、煙の警報機がならないようにトイレの換気扇を回し、便座に座った叔母の手足や背中にお灸をしては、十一時頃に病院を後にするのでした。私だけを頼りに、私が来るのを楽しみにしている叔母を思うと、どんなに仕事で疲れていても、私は家とは反対方向の東京行きの電車に乗っていました。叔母を励ますために、毎日病室に向かったのです。


大学教授で、これまで人に頭を下げたことがなく、紹介状を持って特別室に入っている叔母は本当に我儘で、看護師さんから苦情が来ることもありました。公私ともに、研究室の助手の方がなんでもしてくださっていたので、ちょっとしたことでもすぐにナースコールを押して看護師さんを呼びつける上に、なんと信じられないことに看護師さんにお好み焼きまで焼かせたというのです。そんな叔母に、私は言い聞かせました。

「いくらお金を払って入院をしているとはいえ、お世話をしてくださる方は皆さん真心で接してくださるんですよ。病気だからなんでもしていただいて当たり前ではなくて、ナースコールを押す前に、もう一度自分でなんとかできないことなのか考えてね。お願いする時は一つ一つしていただくことに感謝をして、ありがとうと言葉をかけてあげてね」と。

するとと叔母は、意外にも素直にこっくんとうなずいて反省し、すぐ実行し始めたのです。もし元気な時であれば、年若い姪の言うことなど聞くことはなかったかもしれません。

父を見送った翌年、叔母は人生の最期に「ありがとう」と言って、あの世に旅立っていきました。叔母の乗った霊柩車は、叔母が長年働いた大学の正門に立ち寄り、多くの学生さんに最後の見送りをしていただきました。

私は、父と叔母の死をきっかけに、人間は死ぬ時に何も持っていくことができないということを痛切に感じたのです。海外には国賓として招かれる女性化学者として生きた叔母が残したのは、生涯かけた研究の論文、一方、町で商いを営む家の長男として生まれた父は、東京の大学を出て戻ってから、体が弱く一生入退院を繰り返しました。兄弟を背負い、子どもを教育し、父には生涯なんの楽しみがあったのだろうか。私は父に心配をかけるだけで、何も返すことができませんでした。

いずれにしても、人は、財産も地位も名誉も持たず、たった一人で帰っていくのです。しかし、親や多くの先祖が涙をのみ、多くの犠牲を払って連綿と積み重ねてきた命を託されて、私が、今に存在し生かされていることを思うと、そのことに報いることができるように、そして何より私自身が後悔しないような生き方を望むようになっていたのです。

一九九七年、ちょうど四十歳の時に、勤めていたイベント運営会社のオーナーに、その会社の社長になりなさいと言っていただいたのです。私にとっては身に余るお話です。

しかし、自分自身が未熟だということをよく知っていた私は、ご迷惑をかけたくないという思いから、このお話を受けることはありませんでした。

そしてお断りする以上は、会社にいることはできないと、このことをきっかけに、ボランティア専任生活に入ることを決心したのです。

オーナーは驚きました。

「社長になれば、社会的地位も十分な収入も得ることができるのに、何故、君はボランティアを選ぶんですか？」

しかし、実力が備わっていなければ、本当の意味での成功を手にすることはできません。年齢を経てから中途半端な人生だったと後悔しないように、一から人生勉強をしたいという気持ちが強かった私は、先生から教えていただいた「試練を乗り越え、徳を積み、力をつけ、時を定めて目的の道に向かう」を心に秘めて、ボランティアを選び、新しい生活に飛び込んだのです。

劇団の暮らしの始まり

会社を退職した私は、横浜元町の2DKの社宅マンションから、茨城の劇団の四畳半の部屋に引っ越しました。

座長と二人の娘さん、私の他に四人の座長のお弟子、総勢八人の女所帯での新しい生活です。

そこで、長年懇意にしていただいている株式会社シーボンの犬塚社長（現会長）に、仕事を辞めて、これからボランティアに専念することを伝えるために、ご挨拶に行きました。犬塚社長とは、私がプロダクションを始めた三十二歳の時、「万里の長城に緑を」というチャリティパーティで出会ってから、マザー・テレサにお会いしたお話を社員の皆さんに講演させていただいたり、また私の師匠として座長を紹介し、折に触れ、おつきあいさせていただいていました。

犬塚社長は、「僕がその活動を応援しましょう。これから菊池さんは顧問として一か月に一回、社員教育に来てください。社員にあなたが世界で経験した話をして、わが社のホスピタリティ教育に役立ててください」と言って、月々の顧問料を下さることを申し出てくださいました。

シーボンからの顧問料は劇団員全員のお給料として使うことになり、私も皆と同じ、月のおこづかい二万円の住み込み生活が始まりました。

慰問の日々

劇団は縁をいただき、お声をかけていただいたところへは、ハンセン氏病の療養所をはじめとして刑務所、少年院、養護施設、老人ホーム、ご近所の敬老会、町内会の集まりまで経済の許す限り、できる限りの慰問を行うようになりました。

どんな小さな舞台でも心をこめて演じ、お客様に楽しんでいただきたいと常々座長は言っていました。しかしその頃は、今のようにＮＰＯ、ＮＧＯなども盛んではなく、ボランティアが一般的に受け入れられるという時代ではありませんでした。

ですから慰問に訪れ、最初にご挨拶する時に、いぶかしげに「どういう団体ですか?」とか、「後ろに何か大きなバックがいるのでは」と聞かれることも少なくなく、双手を挙げてようこそと歓迎されることばかりではありませんでした。

しかし、公演が終わる頃には私たちの気持ちが伝わり、「本当に楽しかった、来年もぜひ来てほしい」と言っていただけたのです。お礼に野菜やお米をいただくと嬉しかったものです。

後に様々な宗教や文化を持つ世界の人々と出会うようになってから、私は中学生の時に、お茶の先生に教えていただいたことをよく思い出しました。

それは、初めてのお稽古で、床の間の鑑賞の仕方を教えていただいた時のことです。

先生は、「きれいなお花を見た時に、このお花は何流ですかと、相手様に聞くのは失礼にあたります。きれいなお花は、それだけで素晴らしいのですから、流派がなんであろうといいのですよ」と言われました。十三歳の私は先生の言葉に深く納得し、何かあるごとに、このことを思い出すようになりました。

「私が今見ているきれいな花は、きれいなことが素晴らしい、そこにはなんの理由もいらない」

それは偏見や先入観を持たず、今、この瞬間に自分の目で見て感じたことを大切にするということでした。

座長はマネージャーとして真っ先に外に出ていく私を、「皆さんは最初に出会うあなたを見て、どういう劇団なのか判断するでしょう。とても大切な役目ですよ」と、二十四時間、三百六十五日、それこそ箸の上げ下ろしから髪型、化粧、服装、日常のすべてのことを、誰よりも厳しく指導して育ててくれました。それまで我儘に、贅沢に暮らしてきた私にとっては、厳しい生活となりました。

それでも逃げ出さなかったのは、自分との約束を果たしたいと思っていたからです。

最終的には足かけ七年となったその生活で、私は深い愛情を持って育ててくれた座長や自ら足を運んだ現場から多くを学ぶことができました。

チェルノブイリ放射能汚染地への道のり　一九九八年夏

一九九八年の夏、私たちはベラルーシ共和国の放射能汚染地域の村々から北海道に保養に来ている子どもたちを慰問に訪れることになりました。北海道のお母さん団体がバザーをして子どもたちの渡航費用などを集め、子どもたちを毎年一か月間、保養滞在させているというのです。

放射能数値が高い汚染地域に住んでいる子どもたちは、日本で新鮮な空気、食べ物、水、そして里親たちの愛情を受け、見違えるほど元気になって帰っていくそうです。

たった一か月のことで、子どもたちは、また、放射能のある村に帰っていかなければならず、それがまぎれもない子どもたちの宿命です。

それでも、子どもたちを八千キロも遠く離れた日本に送り出す親御さんたちの気持ちと、また八歳から十二歳の幼い子どもたちが、親元を離れて、異国の地で一か月も過ごす気持ちを慮れば、どうでしょうか。少しでも元気になってほしい、そして短い期間でも楽しい思い出と交流をしてほしいという双方の願いがこの活動を支えているのでしょう。できることから始めて、子どもたちの笑顔と交流が育っているのです。

私たちは夕方、衣装を積み込んだワゴン車二台で茨城県を出発し、青森からフェリーに乗り北海道へ向かいました。二人一組で各家庭にホームステイしている子どもたちが一堂に集まっている夏のキャンプ場の古い会館が公演会場となります。私たちにとって六、七十人もの外国の子どもたちと直接触れ合うのは初めての体験です。彼らと一緒にバーベキューをしたりして、他愛もない遊びをすることで、言葉が通じなくても仲良くなっていく楽しい時間が過ぎていきました。侍、忍者、そして美しい衣装で天女のように踊るステージを見た子どもたちはすっかり魅了され、「ぜひ僕たちの村に来てほしい。お母さんやお父さん、おじいちゃん、おばあちゃんにも見せてほしい」と座長にお願いしたのです。

この子どもたちとの約束が最初の海外公演、それもチェルノブイリ原発事故による放射能汚染の村々を訪れる始まりでした。

一か月で日本全国四か所での慰問公演

翌年、一九九九年の三月のチェルノブイリ放射能汚染地公演を前にして、座長は、日本で多くの人に喜んでいただいてから出発したいと日本各地を慰問することを決めました。十一月の一か月で、草津ハンセン氏病療養所、網走刑務所、釧路刑務所、加古川少年院の四か所を訪れることになったのです。

座長が「刑務所といえば網走、ぜひ網走刑務所へ」と言ったことから、私は、横浜で働いていた時に仕事で知り合い、親しくしていた元旅行代理店の支店長に連絡をとりました。

当時彼から再就職の相談を受け、網走に行くことになったと聞き、二、三か月ゆっくりしてから網走に行くといった彼に、私は「何を言っているんですか、もし私が新天地で人生をかけると決めたら、一刻も早く出発します」と送り出したのです。

彼は、なんと網走刑務所の真正面にある土産物店に再就職していました。連絡を取り合って、とんとん拍子に話が進み、網走刑務所の所長にご挨拶に伺うことになりました。

四月にはあり得ない暑さを記録した日、座長と私は、刑務所内の、カギをかけたドアを何度も通過するたびに高まる緊張の中、特別に入れていただいた体育館の上を巡る通路から、運動の時間の受刑者たちを見学させていただいていました。

網走刑務所は昔と違って今は軽犯罪者を収容していますが、受刑者は高齢化し、再犯を繰り返し戻ってくるケースも少なくないそうです。

所長室に案内されるや否や挨拶をするより早くに、「やあ、女優さんはやっぱりきれいですなあ。どんな花よりあなたがきれい」と喜ばせ、ソファに座ろうとすると「あっ、そこは、先週天皇陛下がお座りになったソファですよ」と一瞬腰を浮かせてしまうように、終始笑わせてくれる豪放磊落な所長は、既に決定していた年間の予定を変更して、私たちの慰問を受け入れてくださったのです。また、所長の紹介で釧路刑務所でも、翌日続けて公演ができるようになりました。

「私の可愛い子どもたちを、ぜひ喜ばせてください」という国家公務員らしからぬ所長の言葉に、私は、思わず、体育館にいた運動に参加せず、ふてくされているようにも見える、所長の可愛い子どもたち、受刑者たちの皺の刻まれた顔を思い出し、目を丸くしてしまいました。

草津ハンセン氏病療養所での神業

一九九八年十一月、最初の火曜日。どんよりとした雲の下、草津の療養所は他の療養所と同じ人っ子一人いない園内に、童謡「夕焼小焼」のオルゴール曲が物悲しく流れていました。草津では逃亡者への拷問が特にきつかったと聞いていただけに、そこに積み上げられた言い知れない暗さと重さを感じました。

一か月に日本中を四か所も慰問するためにはかなりのお金がかかります。

特に北海道慰問公演は、網走から釧路刑務所への移動経費などを含め、五十万円は用意しなければなりません。通常、北は札幌から南は天草まで、衣装を積んだワゴン車で移動していましたが、さすがに十一月の網走は道の凍結があり、本土から車で行くわけにはいかず、一人二万円、一泊二食つきの飛行機で行く格安ツアーを予約しました。

しかし、いつもぎりぎりのお金で活動している劇団は、十二名が土曜日に北海道へ出発するツアー代金を、まだ全額用意できていませんでした。

あと十万円が足りず、マネージャーである私は、明日水曜日までに振り込みをしなければならないことを心配していました。劇団には十万円のカンパをお願いする方がまったくいないわけではないのですが、座長は、「こういうお金は自然に授かります」と言っていました。

いつもより静かに進んだ草津での公演が終盤に差しかかった頃でしょうか、「韓国の女より」とだけ書かれた入所者からのご祝儀袋が届けられました。そして、公演の最後に舞台に上がってきた草津ハンセン氏病療養所の入所者会会長から座長に渡されたのは、花束と御礼と書いた封筒でした。花束をいただくのはいつもと変わりませんが、今回は封筒があったのです。

楽屋に戻り、会長からいただいたちょっと厚いこの封筒を恐る恐る開けると、そこにはなんと十万円が入っていたのです。次の瞬間、私の目には涙があふれてきました。

網走に行くのに足りない十万円は、草津の皆さんの心です。神業というものがあるなら、人の情けを感じ、また人々が喜んだ心が次のチケットをくれるということを、ぎりぎりのところで見せてもらいました。自分を信じて、やるべきことをし続けて、待つことができるか、人はいつも試されていると思えてなりません。当たり前のように思い、既に決まっているかのように見えることも、実は狭い自分の心が決めつけているだけのことではないでしょうか。これは、私にとって、奇跡がどのようにして姿を現すのかを見せていただいた初めての出来事でした。

後にも先にも、ハンセン氏病療養所や様々な施設を慰問してこのような多額のご祝儀をいただいたのは、この草津だけでした。

網走刑務所慰問へ

自費で参加する舞台回りの手伝いを含めた二十人のメンバーが網走に到着したのは、北海道が冬本番を迎える直前の十一月下旬です。

私は、この公演を前にして、気が引き締まる思いでいっぱいでした。なぜなら比較的軽い刑の人たちであるとはいえ、天下の網走刑務所で舞台を務めるのです。何百人かの男性の受刑者たちの心に染みる様な清らかな気を舞台から送りたいと思いました。網走のホテルに一泊した翌早朝、私たちは刑務所に衣装を搬入して、舞台の後ろにある控え室にセッティングしました。そこには、お茶が入ったポットやたくさんのお菓子が用意されていました。

私たちの白塗りの化粧が進むのと同時刻に、受刑者の入場が行われました。暴動が起こらないように秩序正しく入場してくる受刑者たちは模範囚から順に座り、全員が入場し終わるには一時間かかるそうです。私は、入場の際にどうしてもかけてほしい曲があり、担当の刑務官との打ち合わせの電話でお願いしてあったのです。作曲家でシンセサイザー奏者キム・シンさんの「ルーツ・オブ・アジア　菩薩」です。

楽屋まで響く刑務官のかける号令「礼！　着席！」が、ある時はゆるやかに、ある時は怒涛のように押し寄せる荘厳な曲と相まって、私の中の緊張が静かに高まっていきました。

最もミスマッチでもあり、ふさわしいともいえる、網走刑務所に流れる「ルーツ・オブ・アジア菩薩」、楽屋のイスに座り、天界から見た罪を犯した人々とのコントラストを象徴するような情景を脳裏に浮かべ、ここでしか味わえないだろう貴重な瞬間を全身で聴き入っていました。

出番が近づくと私は白いオーガンジーの衣装をはおり、舞台袖に立ちました。演目は「夢芝居」。聞きなれた前奏が始まりゆるやかにステージに滑り出すと、いつもの会場とはまったく違い、整然と居並ぶ受刑者たち、そして前方の右側で身を乗り出すように座る所長の姿が目に入りました。所長が一番楽しみにしていたという気持ちが伝わってきます。

「観劇中、受刑者は胸より上に手をあげることは許されず、拍手を送ることができないので、反応がないように感じるかもしれませんので、ご了承下さい」と担当刑務官から聞いていましたが、体育館を埋め尽くしている全員が集中して見入っている様子が伝わってきます。

天女グループの「いつくしみ」の舞いでは、目頭を押さえている受刑者もいたようです。

後で刑務官が受刑者たちに感想を聞いたら、「自然に涙がでてきた」と言ってくださったそうです。

言うまでもなく所長が一番喜んでいます。

一時間の公演予定を大幅にオーバーして念願の網走刑務所公演は終わりました。

大勢の受刑者を分刻みで管理している秩序ある刑務所で時間がオーバーするというのはこれまでに例がないそうです。どんな大スターが来ても、刑務所への慰問の公演謝礼は一万円だという貴重なお金と感謝状を受け取り、名残を惜しみ門のところまで送ってくれた所長と記念撮影をした後、私たちは所長の計らいで、刑務官の先導車に案内されて、摩周湖観光へと向かいました。

翌日の釧路刑務所は年齢層が若く網走刑務所の静かな感動とは対照的に、大変な盛り上がりを見せました。

こうして兵庫県加古川市の加古川少年院まで、一か月に四か所の慰問公演を行ったのです。

第四章　ベラルーシ共和国公演　一九九九年
―チェルノブイリ放射能事故で汚染された村々を訪ねる慰問公演―

年が明けた一九九九年二月、北海道のベラルーシ共和国の子どもたちの保養団体リーダーの案内で、座長と私は、三月に予定している公演の視察のために極寒のベラルーシを訪れました。子どもたちと札幌で初めて出会ってから半年後のことです。

日本から飛行機で十時間、空港からモスクワ市内にある駅に移動し、ベラルーシ共和国行きの寝台列車に乗って、翌早朝、ベラルーシ共和国の首都ミンスクに到着しました。ミンスクでは、保養団体の活動を助けているグリーンワールドのスタッフが案内してくれます。

雪に埋もれた白樺の林に囲まれた田舎の村々では、冬は特に食べ物がなく、普段は、黒パンとじゃがいもとスープがメインの食事だと聞いていたのに、行く先々で温かく迎えるテーブルには、鶏を料理し、牛のミルクで作ったチーズやケーキや野菜のスープや、載り切らないほどのご馳走が並んでいました。

きっと冬のために蓄えた食料を、私たちのために惜しみなく使い料理してくれたのでしょう。しかし、肉もミルクも野菜も口に入るものすべて、放射能で汚染された土地で取れたものです。人々は、汚染された土地で暮らし、汚染された土地を耕して、子どもたちを育てているのです。

また、森で採ってきた木を燃やす家の中の暖炉は、小さな原子炉を作ります。

何故そこに住み続けるのですか、移住すればいいのではという疑問が起こるでしょう。彼らには、町で職を得て、暮らす術がないのです。ほとんど自給自足同然の生活で、他の土地では生きていくことができないのです。

その日は、田舎の民家の暖炉の上の暖かな場所が、私のベッドになりました。家にはトイレがなく、マイナス二十〜三十度になる夜中に凍結した外の庭にでたこと、歯磨きのすすぎを、雨水でと差し出されたこと。それが、彼らの日常の暮らしなのです。

チェルノブイリ原発事故が発生した当時、風向きがベラルーシ共和国を向いていたため、放射能が運ばれ、また事故直後に雨が降ったことで土地に放射能が染み込んだとも言われています。一番放射能の被害が出た村々は、十三年の年月がたった一九九九年当時でも、水も空気も大地も汚染されていました。しかし、人々はその大地に住み、子どもを育て生きていかなければなりません。そして、おそらく一生この地から出ることはないでしょう。

短い日数の視察でしたが、子どもたちの住んでいる村を訪れることで、子どもや、そのおじいちゃん、おばあちゃん、家族たちの喜ぶ顔が楽しみになりました。

ベラルーシでの最後の日、ホテルで朝食をとっていると、奥のテーブルに座った外国人の中年男性が、私たちの方を興味深そうに見ていたかと思うと、テーブルまでやってきて、「あなたたちは一体どういう方なのですか?」と声をかけてきました。

彼はイスラエル人でキリスト教とユダヤ教の和解のために活動している団体の代表で、今回はベラルーシに聖書を配布するためにやってきたというのです。

世界にはいろいろな方がいるものですが、ここで出会うのも何かの縁なのだろうと思いました。

私たちはまた連絡を取り合うことを約束して別れたのです。

遠く奄美大島のハンセン氏病療養所へ　一九九九年二月

ベラルーシ共和国の視察から戻ってすぐに私たちは、奄美大島のハンセン氏病療養所に、飛行機で向かいました。訪れた療養所の方たちは、私たちを温かく迎えてくれ、療養所内にある施設に宿泊させていただいた私たちは、いつもより、入所者の方々と交流することができました。その中に喧嘩ばかりしているという評判の牧師さんがいました。彼は東大に合格し希望に満ち溢れていた矢先に発病し、入学式の直前に強制収容されたそうです。彼は、公演が終わった後、座長のところに来て言いました。

「私は十九歳の時から何十年も、自分の運命を呪って喧嘩ばかりして生きてきたけれど、今日、あなたたちの舞台を見て反省しました。私は、これから変われるような気がします」

公演が終わり空港に向かう私たちのバスを、片足のないおじさんがバイクで一生懸命追いかけてきました。

「私は今まで生きてきて今日ほど楽しかったことはないよ、ありがとう」

おじさんはそれを伝えるために全速力で追いかけてきてくれたのです。

長く苦しかったであろうその方の人生のたった一日である今日を、一番楽しいと思ってくれたことに、私はありがたい気持ちでいっぱいでした。

それから四年後、テレビで見たライ予防法裁判の代表団は、ほとんどが知っている顔ぶれでした。

いつも公演の様子をビデオで撮ってくれた大島青松園の黒めがねのおじさん、熊本の菊池恵楓園の方々、後で聞いたところによると、皆さんは私たちとの交流があったから、テレビカメラの前に立つことができたとも言ってくださっていたそうです。

青松園のように島に隔離された療養所、熊本の菊池恵楓園、都会に程近い東村山市の多磨全生園、草津温泉の療養所、南国の奄美大島、それぞれを訪れましたが、その酷さに変わりはありません。

私たちのハンセン氏病療養所への慰問は、ライ予防法が廃止になり、ハンセン氏病裁判が勝訴するまで続きました。私の手元には、大島青松園の方々と撮った和やかな写真が残っています。

日本の豊かな繁栄の陰にこのような人生を強いられた方々がいたことを知り、そうした方々と縁を持ったことは、私の心に大きな一石を投じました。

初めての海外公演への出発　一九九九年三月

奄美大島から戻ると、いよいよ初めての海外公演に向けての準備が最終段階に入りました。多くの衣装や舞台を飾る幕・装置が用意され、雪の中を移動し、何度も梱包を繰り返すことを想定し、それらをまずクリアケースに入れてから頑丈なダンボールに収め、さらに木枠で固めたのです。

また、舞台裏を手伝ってくれるボランティアスタッフを含めた総勢三十数名のための米と水までが荷物に加わりました。なぜなら、汚染地の村々には、レストランはありませんし、食料も売っていないのです。

成田空港のチェックインカウンターのフロアーにうず高く積まれた劇団の大荷物に、航空会社の担当者は言葉を失っていました。

モスクワ経由でベラルーシ共和国の放射能汚染地を慰問公演する劇団の荷物は、約一トン。事前に申請していた重量オーバーの許可をはるかに上回っていました。

汚染の町クラスノポーリエから

雪がまだ残る三月下旬、劇団の一行を乗せたバスが、首都ミンスクから最初に到着したのは、放射能汚染度が大変高いと言われている大きな街クラスノポーリエです。町でも農村でも、人々が安全な場所に移住できないのは、他の土地で仕事を見つけることができないためです。

ベラルーシの田舎の劇場は、例えるなら日本の廃村になった村にある取り残されたような建物のようでした。到着して最初の作業は、床が抜けている楽屋の補修や埃が降り積もった舞台をきれいに掃除することから始まります。といってもトイレも水道さえないところも多く、あらかじめ何十枚もの雑巾を宿泊所で絞って用意します。床は泥や埃が年輪のように積もっており、一度や二度拭いただけでは容易に木の面が見えてきません。掃除が終わると床の裂け目をダンボールで補修し、ささくれに衣装が引っかからないように絨毯を敷きつめ、テープで固定します。

どんな楽しいことが始まるのかと、好奇心満々で子どもたちが集まってきます。できるだけ会場を華やかにしようと、日本から持ってきた桜の枝や提灯で舞台を飾り、場面、場面の変換を楽しんでもらおうと用意してきた幕を幾重にも重ね、ロープで仕かけを作ります。

劇団の支援者で医師の舞台監督は、埃にまみれた破けたカーテンの間をぬって知恵を絞り、劇場に応じて仕かけを作り、はしごがない劇場ではポールを必死によじ登り、舞台の五、六メートル上に巡らされた細い梁を渡って仕かけを作る等、体を張った準備をくり返し、日本に帰るまで骨折したこともまったく気づかないほどでした。

舞台設置が終わる頃には、裏方のスタッフが舞台裏でご飯を炊くいいにおいがしてきます。ご飯が炊き上がると、出演者は化粧支度の前にお椀を持って並びます。おかずは各自が手荷物で持てるだけのわずかな缶詰、ふりかけやインスタント味噌汁、梅干。案外、納豆はご馳走でした。

夜はかろうじてホテルと呼べそうな宿へ。ベッドはまるで刑務所のような鉄の囲いに薄くて硬いマット、お風呂はというと、約一・五メートル四方の錆びたブリキでできた流し場で、ちょろちょろとしか出ない赤茶けたぬるいシャワーを浴びます。放射能が入っている水です。しかし、顔も手足も白塗りをしているのでシャワーを浴びないわけにはいきません。

クラスノポーリエを皮切りにした公演は、連日、メルコビチ村、ブタコシェ村など、汚染地の小さな村々十一か村を回り、最後のミンスクまで十四回公演を数えます。

私は北海道で会ったビーカと会うことを心待ちにしていました。彼女は誰にもなつかず、まるで意地悪なおばさんのように腕組みをして、「プローハ」(最悪)を連発しいつも怒っている不機嫌な子どもでした。でも私は、そんなビーカは本当は愛情を欲しがっているのではないかと感じました。ビーカをなんとか笑わせようと追いかけては、無理矢理でもぎゅうっと抱きしめて、しつこいくらいに、ビーカ、ビーカと呼びかけていると、最初は嫌がって抵抗していたビーカに段々笑顔が出て、最後は一緒に大笑いするようにもなりました。きっと厳しい家庭環境が彼女の

まだ、ちょっとかたくななビーカ。

心開いてすっかり仲良しになったビーカと。

心を凍らせていたのでしょう。彼女の住んでいる町の舞台が終わって客席にビーカを見つけた私は、彼女に駆け寄り、また無理矢理に抱きしめました。彼女は大喜びこそしませんでしたが、恥ずかしそうに少しだけにっこりしてくれました。それが彼女の精一杯の表現だと私は知っています。

チェチェルスクでは、子どもたちの保養活動を進めている元気いっぱいの小学校の体育の先生との嬉しい再会です。八十人も座ればぎゅうぎゅうのきこり小屋のような小さな劇場には、日が暮れると、花柄のネッカチーフを被ったおばあちゃんたちが孫の手を引いて集まってきました。

ホメル大学の講堂を借りて行った公演、ここでは大学生たちの深刻な甲状腺ガン、白血病の問題があるそうです。車を走らせればチェルノブイリまで約一時間のブラーギンでは、放射能測定器は振り切り、まるで船酔いのように放射能を体感します。劇場のすぐ隣には、強制移住で消えた村々の名前が刻まれた石碑が墓標として並び、烏の大群がそこを根城のように取り囲んでいました。

昼と夜と隣町に会場を移動して連日行う公演では、予めボランティアの手伝いの人たちに掃除に行ってもらい、昼の公演が終わると一トンもの荷物を梱包して、また別会場に広げ、公演しやすいようにセッティングしなければなりません。

日ごとに疲労が重なり、頬がこけていく私たちを奮い立たせたのは、やはり人々の喜ぶ姿でした。二時間半の公演では、座長がバラの模様の裾引きの着物を着てベラルーシ出身の画家シャガールを歌ったとも言われる「百万本のバラ」を華やかに踊ると人々の顔に笑みが溢れ、会場中に手拍子が鳴り響きます。

私のソロは、真っ白い着物で登場する男役「夢芝居」。座長と私の相舞踊「お初」（曽根崎心中）は、死ぬに死ねない切ない場面や、追っ手に引き裂かれる二人の姿が人々の涙を誘いました。

天女のグループが舞うのは、キム・シンさんがチェルノブイリ事故の被災者のために創った曲「いつくしみ」。

赤い天布《あまぬの》を持って子どもたちの傷ついた羽、心を癒すように……。子どもたちへの詩がロシア語に翻訳されたナレーションで届けられます。八十席から八百席まで大小様々な会場で行った公演は、どこも通路も歩けないほどの人々が集まり、賑わいました。放射能汚染の十一か村で行った十四回公演、人々には娯楽と言えるようなものは何もなく、後にも先にも、おそらく私たち以外には、このような形でこの地を訪れる人々はいないでしょう。

目には見えない宝

打ち捨てられた廃屋のような劇場が人々の喜び、感動、興奮で沸き上がった時、私は四十三年生きてきた中で経験したことのない感情に満たされました。

そして「聖人マザー・テレサに会いに行きましょう。直に会って感じなさい」と導いてくれた先生の言葉を思い出しました。私は先生の講演会の司会をさせていただいていましたが、それは奈良から京都への講演会に移動する車の中のできごとでした。先生は、今から言うことを書きとめておきなさいと私に言ったのです。

「一銭の得にもならないこと、これ以上くずせないものに出会った時、そこにどのような価値を見出すか、人はいつも試されます。それに気づいた時、天から目に見えない金塊が降り注ぎます」

一銭の得にもならないこと、それこそボランティアではないでしょうか。私は人々の喜ぶ姿に、目には見えない宝物をいただいたと感じました。

移動の途中で、強制立ち退きとなった村々が土に埋められてしまった悲しい風景に何度も遭遇しました。一番悲しいのは人々が心の故郷、帰る場所をなくしてしまったことでしょう。

汚染地域の入り口まで行ってみますが、パトカーが配備され警官がいて立ち入ることはできません。しかしわずか数百メートルしか離れていない地続きの場所には、人々が普通に生活しています。数百メートルしか離れていないこちら側とあちら側。それでも人々はここで生きていかなければならないのです。

後に訪れたウクライナのチェルノブイリ博物館で、天井いっぱいに広がった世界地図を見て、私は震撼しました。世界の原子力発電所の分布が電気で点灯され示されているのですが、そのほとんどが日本に密集しているのです。

周りの壁一面には、チェルノブイリ事故で亡くなった子どもたちの写真が飾られています。博物館の入り口の頭上にあったのは洗礼者ヨハネの首をはねたサロメのレプリカ、そして壁面には対照的に、楽園にたわわに実ったりんごの木が描かれています。

初期消火にあたった消防士たちの防護服と事故当時の時間で止まった時計。人類が自ら生み出した放射能が行き場をなくし、楽園を破壊していくのです。

誇り高きスラブ民族の祖ベラルーシの人々が辿ってきた道のりは、大変険しいものでした。農奴解放後はヨーロッパ最前線で多くの若者が命を落とし、今は色も匂いもない放射能に大地を汚染されています。

ミンスクの中心部には「涙の島」と呼ばれる場所があり、アフガン戦争で亡くなった多くの若者の死を嘆く母たちの像が立ちつくしています。

ベラルーシ公演の最後に訪れたシャガール博物館。妻を愛し、ふるさとを愛した芸術家が、すべての公演を終えた私たちをまるで包み込むかのように、優しい雨が降り注ぎ迎えてくれました。

ベラルーシ共和国での初めての海外公演は、その後訪れた多くの国々での公演を振り返っても、最も忘れがたいものとなりました。

公演の半年後、座長はクラスノポーリエを中心とする子どもたちのアンサンブル十五人を日本に招待し、九州の支援者の方々の協力で劇団公演にて披露しました。そして、劇団自ら、子どもたちの保養活動を始めることにしたのです。

また、視察の時にベラルーシで出会ったイスラエルのイザックさんとは、彼が講演で来日した時には劇団の公演に招待し、私たちがイスラエルを訪れたりというおつきあいを続けていましたが、ある日、「今度、アルメニアに聖書の配布に行くのですが、ぜひ一緒に行っていただきたい」というメールを受け取りました。

アルメニアと言えば、大地震としか浮かばない、とにかく遠い国。ネパール公演を控えて余分なお金がない上、聖書の配布にアルメニアまで行く意味がないと、一旦はお断りしたものの、イザックさんとの不思議な縁に導かれ、ネパールから戻った後に訪問することになったのです。

第五章　ネパール公演　二〇〇〇年
―人身売買の子どもたちを救うネパールの母との出会い―

助け出された子どもたちと出会う奇跡

「今、子どもたちが助け出されてきた」

突然、外で大きな声があがりました。

それは、座長と私が初めて訪れたカトマンズの人身売買救済施設マイティ・ネパールで、ネパールの母と言われるアヌラダ・コイララさんと会見している時です。

私たちは、中庭に飛び出すコイララさんとスタッフの後に続きました。

するとそこには、薄汚れた服を着た八歳から十一歳くらいの男の子と女の子たち十一人が立っています。生まれつきでしょう、足の不自由な子どももいます。

警察官とマイティ・ネパールのスタッフが、人身売買の根城に乗り込んで、誘拐した子どもたちを隠していた部屋から助け出してきたというのです。一体何日間閉じ込められていたのでしょう。日を置かずに自分の身を襲った出来事に、無抵抗の子どもたちはまだ呆然としていて、優しく話しかけるコイララさんに少しずつ緊張が解かれていく様子でした。

そして私は、その瞬間に起こった出来事の一部始終をビデオカメラで撮影していました。

ネパールの農村や山奥から誘拐される子どもたち、もしくは貧困のあまり、親に売られる子どもたち、仕事があるといってだまされて売られるケースもあるそうです。女の子はインドのムンバイにある売春宿へ、男の子は臓器売買のために売られるというのです。目の前にいるこの可愛い子どもたちを待ち受けていた苦難を思うと、私は足ががくがくと震えだして止まりませんでした。

年間五千人を超えると言われるネパールの人身売買はお金が絡み、巧妙に仕組まれることですから、組織で行われていることが多く、一度誘拐されると見つけだすことは大変難しいそうです。

目の前にいる子どもたちが切り刻まれるような地獄行きの運命から助け出されてきた奇跡、そして、私たちがその場に居合わせたという確率を思うと、これは偶然ではないということを強く感じ、戦慄が走りました。しかし、もし日本でテレビの画面を通してニュースで見ただけなら、遠い外国でのことと他人事のように終わったでしょう。

これはまさに、神様が「これを見なさい、この子どもたちを助けてあげなさい」と私たちに与えてくれたものではないかと思いました。

二〇〇〇年、縁あってネパールで公演をすることになった私たちは、国王のお母様が設立した国立ヴァルマンデイ孤児院からの招待により、二都市で四回の公演をするために、準備を進めていました。四国の高松ソングクラブの十周年記念事業として、公演費用の半分を協賛いただき、また孤児院の要望で四回公演のチケットを販売し、子どもたちのために六百枚の毛布を購入することにしました。

公演の前に孤児院を視察に訪れた私たちは、理事長の案内で整然と並ぶ二段ベッドや食事室、乳幼児室などを見学しました。言葉も通じないのに、小さい子どもに泣きながら急におしっこをせがまれて慌てて抱きかかえ、おまるに走りこむようなこともありました。路上に捨てられる赤ちゃんが多いのです。しかし、孤児院の施設が十分ではないにしろ、孤児院に入れる子どもたちは、生命を脅かされる心配はなくまだ恵まれています。貧しいネパールでもっと私たちを必要としているところは他にあるような気がしてなりませんでした。

公演を直前に控えたある日、NHK BSで放映された人身売買の子どもたちを救出するアヌラダ・コイララさんのドキュメンタリー番組「ネパール母の家」を見て、まさに今のネパールを身体を張って救おうとしているのは、この人だと確信しました。そしてさらに驚いたことには、番組のテロップに私たちが四国のロータリークラブの紹介で通訳をお願いしているシャッキャさんの名前が、コーディネート・通訳として流れてきたのです。すぐにカトマンズのシャッキャさんに連絡をして、コイララさんと会う段取りをつけてもらいました。

ネパールの地方都市ビルガンジの公演から戻り、カトマンズの国立劇場の公演を明日に控えた日に、私たちはコイララさんを訪問しました。学校の教師だったコイララさんが一から始めたマイティネパールは、バラック小屋がかろうじて崩壊せずに立っているような状態でした。しかし、子どもたちを売買することで利益を得ているものからの脅しや嫌がらせも多く、施設内は各扉ごとに施錠してありました。

コイララさんは「もし、自分の子どもが被害にあったら、放っておけない。遅かれ早かれ、人間は一度は死ぬ。だから私は子どもたちのために働いて、いつ後ろから刺されても前から刺されても構わない」と。

コイララさんもマザー・テレサとの出会いからこの活動を始めた一人です。

マイティ・ネパールの施設を案内してもらうと、コイララさんが助け出してきた女性たちが社会復帰のために技術訓練をしている部屋では、手芸品を作っています。家族の住む村へ帰ることができない女性たちは、自立していかなければならないのと同時に、社会の偏見と闘って生きていかなければなりません。

そしてエイズや様々な感染症にかかって、死を待つばかりの女性たちの病棟もあります。精神

2000年2月　初めてマイティ・ネパールを訪れた際に著者が撮影したコイララさん

的におかしくなっている人もいます。

　チェルノブイリの放射能汚染地域に住む子どもたちに続いて、ネパールでの過酷な子どもたち、女性たちの状況を目の当たりにし、平和な日本で何不自由なく育ってきた私は言葉を失いました。

　ネパール公演から戻ると、座長は、早速、九月にコイララさんや子どもたちを日本に招待し、劇団の公演で紹介して、人身売買を救済するための支援を呼びかけることにしました。

　香川県では、ロータリークラブ主催の支援イベントが行われることになり、コイララさんと子どもたちは、満濃町にある西念寺さんにお世話になり、イベントを通して地元の方々との交流を深めたのです。

　劇団は「いつくしみ」という曲に出合い、以前から舞台で踊らせていただいていました。人は人生において、時には前にも後にも進めないような誰にも言えない悲しみを抱える時があるでしょう。そんな時、「あなたの生き方は間違ってないよ。そして大丈夫だからね」と心の底まで包み癒してくれるのが「いつくしみ」です。劇団が届けたい気持ちが込められている曲で、この後世界を訪れる舞台で、その時々でプログラムは変わっていっても、「いつくしみ」だけは必ずエントリーされました。

ベラルーシ共和国に行く前年、知人が主催する明治神宮のイベントで、「いつくしみ」の作曲者であり、シンセサイザー奏者のキム・シンさんとプロデューサーの山本京子さんに初めて出会うことができ、それからはキム・シンさんに舞踊の曲の作曲をお願いしたり、親しいおつきあいが始まりました。

座長はキム・シンさんと京子さんにネパールの現状を話して支援をお願いし、キム・シンさんのコンサートからも、徐々にネパール支援の輪が広がっていくようになりました。

シーボンの犬塚社長には、人身売買を未然に防ぐためのインドへの国境の検問所を運営する資金援助をお願いしたのです。

劇団での日々

ネパールから戻ってしばらくした頃、私たちは支援者の方からの申し出で、素晴らしい日本庭園のある広い敷地の屋敷に住むことになりました。

もともとは造園業の社長が自分の趣味で、庭に趣向を凝らし別荘として建てたものだそうですが、三千坪の立派な庭園だけに手入れにお金がかかるため、いざ手放そうと思っても買い手がつかず、劇団の活動にはいいのではないかと支援者が提供してくださったのです。

劇団には人手があるので、庭の手入れもできます。私はここで生まれて初めてスコップを持ち、砂利を敷いたり、庭木の伐採、運搬を行い、汗水を流す労働を日々体験しました。また、その敷地には、支援者たちの協力で徐々に練習場、岩風呂等が建設されていきました。

屋敷全体に野の花々を飾り、座長が書いた季節の書を中心に侘び寂びを飾ります。岩風呂で汗を流し精進料理を食べていただく。月夜には松明を焚いた中、石舞台で浄瑠璃を演じ、また練習場で大衆演劇風のプログラムを楽しんでもらう。

毎年一か月滞在するチェルノブイリの子どもたちには勿論、最適の場所となり、後には海外からのお客さま、日本に留学している学生たち、ある時は仕事に疲れた人々、さまざまなお客様を招き、おもてなしさせていただきました。

劇団では、私たちの日々の修練とともに国際交流が広がっていったのです。

朝食は当番制です。若手の住み込みも増えて、常時十人分、近所の農家からいただく野菜等を使って、毎日違うメニューを工夫します。公演が近づくと日毎に手伝いの人たちが来てくれるので食事は二、三十人分、一番舞台の出番が少ないマネージャーの私が食事を作ることが多くなります。先に練習を上がる私は、安い予算で栄養のつくものを食べさせたいと、ワゴン車を運転し一人買い物に行き、夕・朝食のために、スーパーの四かご分いっぱいの食材を買いつけます。

チーズとほうれん草が詰まったハンバーグは一番の人気メニュー、ギョーザ、魚のムニエル等、野菜とのバランスを考え、メニューを組み立てます。ハードな練習で疲れきっているメンバーの顔を見て熱々の料理を出し、「おいしいでしょう」と一人一人に何度も聞いて回る私は、メンバーの喜ぶ顔が見たい一心でした。

また掃除が苦手だった私にとって、毎朝七時から一人で、大きな岩風呂を掃除するのは高いハードルでした。夏は汗だくで、冬はかじかむ手足を温めながらの約四十五分、最初はいやいやでした。岩面をたわしで丁寧に磨かないと汚れが落ちないのです。

しかし次第にこの岩風呂にとても愛着が涌いてきたのです。自分自身と会話しながらの朝のひと時、とうとう、誰よりも早く起きて岩風呂に駆けつけるようになりました。

私がある時、他の用事で掃除できなかった日がありました。すると座長が「今日は、他の者が掃除しただろう」と言ったと聞いて驚かされました。真心を込めると目に見えない気が入魂されるという喜び、すべての基本は掃除にあるということを教えてもらいました。

しかし、自ら選んだ生活とはいえ、四十歳から始めたこの生活は、厳しいものがありました。落ち込んだ時は、道を走っている赤帽の車を見かけると、今日は電話をして出ていこうかと何度思ったかしれません。それでも辞めなかったのは、自分自身との約束があったからでしょう。

私は座長に、「あなたには下座の精進が必要です」とよく言われました。根がしっかりしていないものはどんなに華やかに見えても脆いということです。まさにここでの生活のすべてが、少しずつ私の血となり骨となっていきました。

もう一つよく聞かれたことは、当然ながら、活動資金はどうしているのですかということですが、次第にいくつかの企業や個人支援者の皆さんに応援していただくようになっていきました。

私は月に一度、川崎にあるシーボンの研修所に行って研修を行っていました。そこでは、新人から上級者までの全国のサロンの社員約千人を対象にした教育を行っています。若い世代から四十代、五十代まで年齢は様々ですが、皮膚理論からマッサージ技術、接客接遇など様々な授業があり、技術を身につけ働きたい女性たちにチャンスを与えてくれます。

私は、海外で体験した内容をリアルタイムで講演し、アナウンサーで培った経験と役者の感情表現をミックスして新しく考案したホスピタリティを高める実技を行いました。

基礎的な発声練習から始まり、身体全体を使って最大限の感情を表現するところまでのレッスンですが、一度、自分の殻を破ることで感情表現を楽にし、相手の心にまで届くようにするのです。最初から簡単にできる子もいれば、泣きながらやっとできるようになる子までそれぞれですが、心を解放し相手への深い感謝を伝えることができた時は、皆一様に一皮むけたような笑顔が現れます。

自分が思っている以上に心をこめて伝えるということを身体で会得するのです。

私は社員の皆さんに、人間として成長し、お客様に真心で接することが大きな喜びとなり、自分自身の人生に良い結果をもたらすということに気づいてほしいと思いました。

劇団に住みこんでいる私にとって、シーボンに授業にでかけるこの時間は楽しみであり、研修生の皆さんから教えられることもたくさんありました。

海外公演から帰ると、座長と私は、必ず犬塚社長のところにお礼のご報告に上がりました。

映像を見た社長は、

「まるでどっきりカメラのようだね。そんな誰も行かないところに行って、たくさんのきれいな衣装を広げて、こんなに大がかりな公演をするなんて、誰も予想できないね。あなたたちのようなことをする人は他に誰もいないよ。ぼくのできないことを代わりにしてくれてありがとう」

と喜んでくださいました。

シーボンにとって、ボランティアの劇団のスポンサーになることは、営業的に直接メリットがあるわけではありません。ですから犬塚社長に直接、何もお返しできないのですが、人々が舞台を見て喜んだ気持ち、感謝の気持ちが、目に見えない福の風となって、会社を応援してくれるようにと、いつも願っておりました。

コイララさんの来日

十二月に横浜で行われる「第二回児童の商業的性的搾取に反対する世界会議」への出席に、協力してほしいというマイティ・ネパールのコイララさんからのお願いに、座長は、六人分の旅費を用意し、来日中の滞在と移動のお世話をする身元引受人として、在ネパール日本大使館への来日の手続きをすることを約束しました。

私はコイララさんたちをワゴン車に乗せて付き添い、毎日、横浜に通いました。

広く立派な会議場では、世界各国からの人身売買阻止の関係者たちが一堂に集まってのオープニングレセプションがあり、各セミナールームでは、びっしりとプログラムが組まれています。人身売買被害者救済の先駆者として日々闘っているコイララさんは、この頃は、アジアの母として名前が知られるようになっており、会場では行き交う各国のリーダーたちに声をかけられます。セミナールームの一室では、コイララさんがムンバイ（インド）の売春宿から救出した十六歳の女の子の痛々しい証言を聞くために、約五十人が集まっていました。

コイララさんは、身体を張って女の子を助け出す強い方ですが、普段はとても明るく陽気な普通のおばさんです。会議の最中、廊下でSPを従えた高円宮妃殿下を見つけたコイララさんは、すかさず「MINEKO、あの方は誰？」と聞いてきました。

私が皇室の方であると説明すると、「ぜひ私を紹介して。一緒に写真を撮りたいとお願いして」。チャンスを逃さない押しの強いコイララさんです。そんなコイララさんに、大きな支援の手が差しのべられることになったというニュースが飛び込んできました。

ネパールに魅せられたあるドイツ人の青年が、カトマンズで喫茶店を開きたいと考え、ドイツのソニアキル財団に支援を申し込みました。ソニアキル財団は、一人っ子のお嬢さんを交通事故で亡くされ悲嘆にくれていたキル博士夫妻が、お嬢さんの死を無駄にしないために設立したものです。

その青年に面接したキル博士は、「あなたはまだ若いのだから、自分で働いてそのお金を作りなさい」と即座に断ったそうです。しかし、面接の時間がまだ十分にあったので、彼は、コイララさんの活動のことを話したそうです。するとキル博士は、直ぐにコイララさんに会わせてくださいと言い、その後、夫妻でカトマンズを訪れ、ネパールの大勢の子どもたちを助けるために、コイララさんへの支援を申し出たのです。

マイティ・ネパールの式典へ

二〇〇一年六月、ネパールの国王夫妻が暗殺されたニュースが世界中に発信された直後のことです。キル財団の支援を受けて建てられた新施設完成のお祝いの式典に、座長、若座長と私の三人、そしてキム・シンさんと山本京子さんが招かれ、踊りと演奏を披露することになりました。

カトマンズの町中に戒厳令が布かれている中、マイティの式典に新国王夫妻と王子が出席するというので、施設の出入り口は勿論、特設舞台が作られた中庭を囲むレンガ造りの建物の屋上には、機関銃を持った兵士がびっしりと立ち、中庭に銃口を向けていました。

私たちは新王妃のお茶会に御招待いただき、座長はネパールの子どもたちへの支援から、王妃の表彰を受けました。

教師だったコイララさんもマザー・テレサにクロスをいただき、志を持った一人です。一人でバラック小屋からこの活動を立ち上げましたが、アメリカで「すばらしい世界の女性100人」

に選ばれ、世界から救済の手を差しのべられるようになったのです。

宿泊したホテルで、毎夜、外からなんとも言えない芳しい香りが漂ってきました。月明かりの美しい中庭に出て、その香りの主を探し歩いていくと、小さな白い花をいっぱいつけた大きな木に出合ったのです。夜にしか咲かない花ナイトクイーン、まるでシャンバラに誘うような香りでした。私たちはネパールから戻る時に、ホテルの庭師さんにお願いして、ナイトクイーンの苗をわけてもらい持ち帰りました。成田空港の植物検疫で、検疫官がこれはなんの花ですかと辞典を開いて調べますが、同じ花は出ていません。そして、「残念ですが、根にいろいろな菌がついているので日本には持ち込めません」と言われました。

私はネパールに行ったいきさつを話し、「これから、ネパールの子どもたちがやってきて滞在することが多くなると思うのですが、彼らがホームシックにならないように、この花を庭に植えてあげたいんです」とお願いしました。すると検疫官は、少し考えてから、「根をしっかり洗ってあげますから持って行きなさい」と言ってくれたのです。

アルメニア聖書配布ツアーへ

ネパール公演から帰国して直ぐに、座長と私は劇団の支援者である女性社長と共に、イザックさんが待つウクライナを経由して、アルメニア聖書配布のツアーへと旅立ちました。

モスクワのシェレメチボ第二空港からウクライナへ行く飛行機に乗り換えるために、第一空港へと移動します。ところが身体検査を受ける時に、現金は一切持ち込めないと言われ、その上ここで没収するというのです。一度取り上げられたら戻ってくる保証はありません。やっとお願いし、最後に「トラベラーズチェック」にしてもらうことで、やっとこの騒ぎが終結しました。大地震、大虐殺の歴史で知られるアルメニアは、世界で最初にキリスト教が国教になった国です。アルメニアを懐に抱く五千メートル級のアララト山は、ノアの方舟が漂着したと言われる伝説の山です。

イザックさんの団体とはなんの関係もない私たちでしたが、アルメニア各地への聖書配布の旅は、まさにカルチャーショックの連続でした。ある時は、首都エレヴァンから地震の爪痕が生々しい山あいの道なき道を行き、行く先々で一冊一ドルの聖書をもらって胸に抱いて、「マイ聖書」が手に入ったと喜び涙する人々を目にし、彼らの深い信仰と豊かな日本とのあまりの格差を感じるのでした。私たちは、遠く日本から来ているお客様と紹介され、何か日本の歌を歌ってくださいと言われました。私たちにとっても彼らにとってもお互いの国は未知なる国です。生まれて初めて会う日本人が歌う「みかんの花咲く丘」や「ふるさと」に、遠い日本を思い喜んでくれました。

また、訪れた教会では、信者さんたちが、心のこもった鳥料理や、豆のスープ、新鮮な野菜を使った手作りの料理でおもてなししてくれるのです。

この時私たちの世話係としてついてくれた青年ヴィケンが重い片頭痛を持っているというので、折を見て座長がマッサージをしていましたが、座長は日本で検査、治療を受けられるように彼を日本に招待することにしました。このことが後に大きな糸を手繰り寄せることになるのです。

アルメニアで出会った心清き人々のために、いつかアルメニアで公演をできる日がきたらと思いましたが、それが近い将来に実現するとはまったく思っていませんでした。それほどアルメニアは、遠い国だったのです。

第六章　ミャンマー公演　二〇〇一年　―ハンセン氏病の村人が作る聖なる行進―

海外独り立ちの公演準備

　ベラルーシ共和国の放射能汚染地から始まり、訪れる人から人への縁を通じて、劇団の活動は広がりを見せ始めてきました。

　ある日、知人の紹介で「わしゃ、ミャンマーへのボランティアに命を懸けてるんじゃ」という老齢の社長さんが劇団を訪ねてきました。聞けば、その社長は特攻隊の生き残りで、まるでミャンマーの生き字引のように熱い思いを語り始めました。

　私は、日本軍がミャンマーでどれだけ悲惨な目にあったかということを知り、幼い頃に読んだ「ビルマの竪琴」の話とミャンマーが初めて結びついたのです。

　軍中央部の安易な作戦で、ビルマの密林に送り込まれた日本兵たちは、食料を調達できず、水事情も悪い中、戦いではなく、下痢や発熱、マラリアで苦しみ亡くなっていったそうです。後日、ミャンマーを訪れた時に見た道端に放置された戦車の残骸、それはまるでブリキのおもちゃのようで、五十余年たった今でも、灼熱地獄の中で、この小さな鉄の塊に命を預けなければならなかった人々の思いをそのままに伝えてきました。

ミャンマーには、日本兵の死体が累々と野ざらしにされた、白骨街道と言われる場所がありま す。人々は、ビルマのために戦った日本人を随分助けてくれたそうです。そしてその社長の導きにより、日本兵たちへの供養ともいえる公演が実施されることになりました。

この社長の知り合いで、ミャンマーで旅行会社を経営しているアンニョンとモーさんが協力してくれることになりました。しかし実際の公演を手がけたことのない彼らには、きっと何をどうしていいものかわからなかったのでしょう。準備が進んでいる様子が見えないので、とうとう公演を六月に控えた二〇〇一年四月初旬、私が単身ミャンマーに赴くことになりました。

私がヤンゴンに到着したのは、お釈迦様の生誕を祝う水かけ祭りが盛大に行われる四月八日の直前でした。この祭りでは、道行く人々がお互いに無礼講で水をかけてお清めをし、町中が賑わいます。

敬虔な仏教国であるミャンマーでは、男性は一生涯に三回出家して僧侶生活をし、人々が家族の幸せを願い、日常的に寺院を訪れ祈っている姿が見られます。

社長のアンニョンには、軍部にもだいぶ顔がきく政府の要人であるお兄さんがいます。そして、ちょっと太めで私を何時も笑わしてくれる長い黒髪が自慢のモーさん、一日何回もシャワーを浴びるのでかばというあだ名の友人やみんなが公演の準備を手伝ってくれます。

私は一泊二十ドルのアットホームなホテルに滞在し、いよいよ公演の準備を始めました。日が暮れて一日の仕事を終えると、スタッフとのミーティングをかねた夕食をするのが日課です。

ある晩、部屋に戻り、日本から持ってきた小説を読んでいた時のことです。よりにもよって「陰陽師」の場面が盛り上がりあわや妖怪出現という時に、ケケケケケという声が部屋に響きわたりました。私は本を放り投げ、悲鳴を上げそうになりました。見上げると天井の隅にヤモリが一匹。なんというタイミングでしょう。ここではヤモリが私のお友達でした。

公演の準備が一段落し、楽屋で使うハンガー、シートなど細々したものを買いに出かけた時のことです。モーさんと私の両手が荷物でふさがった頃に、突然スコールが降り出しました。ものの十五分もしないうちにヤンゴンの繁華街である市場が密集した大通りに水が溢れ出します。

私たちは、最初軒先のイスに座って買い物をしていましたが、見る見るうちに下水から水が溢れてきました。

モーさんが叫びます。「MINEKO、足を上げて」下を見ると赤い小さなアリが絨毯のような面になってどんどん迫ってきていました。

「このアリに刺されたら足がはれ上がるよ」二人とも地面に足が下ろせない状態になりました。ほとんどのミャンマー人はいつもサンダルで歩いています。そのため、足の指が開いてしまっているモーさんの大きな足が宙にういています。

次の瞬間さらに息を止めるような光景が飛び込んできました。

私の横の壁に、未《いま》だかつて観たこともないようなオレンジと赤と緑を混ぜたような、ほぼ蛍光色になっているゴキブリが、頬の直近十センチに存在していたのです。

身動きができない状況に追い詰められた私たち、モーさんが「今、道を渡らないと」と言い出しますが、通りの水かさは、どう見ても膝まで水につかるような状態にまでなっています。

泥水の中には、汚物やら何が流れてきているかわかりません。でもその時は一瞬でも遅れたら間に合わないような危機感に見舞われました。

私は、買い物袋を両手に、膝までつかる泥の川に踏み出しました。全身の毛が逆立つような不快感と恐怖感に、「ぎゃー」と途切れることない大声で叫び続けながら道を渡ります。大きな声で気をそらさないと耐えられないのです。でも悲しいことに、水の勢いが強くて思うようになかなか前に進めないのです。

そしてあたりは、その大声さえ自分でもまったく聞こえないほどの雨音と喧騒です。

やっと反対側にたどり着いた時には、全身のエネルギーを使いきって、目には涙がにじんでいました。

私にとっては一大事、事務所に戻ってから「大変だったのよ」と事細かに一生懸命説明する私に、全員、大笑いしていました。

ヤンゴンでは、三日間六回公演を予定して国立劇場を予約しましたが、日本大使館の文化担当者は、

「以前、日本の有名歌手が来て公演をしようとしましたが、二百枚しかチケットが売れず、客席はガラガラでした。あなたたちのような無名の劇団がそんなに多くの公演をするのは無謀です。一回にしたほうがいいですよ」と言うのです。

でも、それを聞いた座長は、「ミャンマーでは、日本では有名な歌手も私たちも、同じく無名です。私たちは八百キロものきれいな衣装を用意して、みんなを招待して楽しんでもらいたいと思っているのだから大丈夫。もし子どもたちが劇場まで来られないというなら、バスを出して迎えに行ってあげればいい」と。

ミャンマーでは、レンタルバスは一台五十ドルで借りることができます。

劇団の海外公演費用は、ありがたいことに、活動に賛同してくださる日本の企業、個人の方々の支援によるものです。せっかくだから、ミャンマーに住む日本人の方もと、招待状を持って伺いましたが、ボランティアを名目にした詐欺行為も少なくなかったのでしょう。まったくの無料で、貧しい人々を招待するという公演は、なかなか理解していただけず、寄付金を取りにきたのかと対応されることもありました。

私は子どもたちを招待するために、アンニョンが日頃、寄付をしてサポートしているお坊さんたちのところを訪ねて回りました。ミャンマーでは、貧しい家の子どもは小さい時からお寺に預

けられてお坊さんになります。またお坊さんが運営している孤児院も多数ありました。

その中で訪れたある家は、黒光りする床板、家全体は高床式から少し進化したような造りで、まるで「おしん」の家のような昭和初期の感じでした。私たちが公演の内容を説明してぜひ子どもたちを招待したいと言ったら、側で聞いていた五歳くらいの可愛い女の子が目を輝かせました。

するとお坊さんがからかって「これはね、お坊さんか尼さんじゃないと招待してもらえないんだよ」とその女の子に言いました。するとその子は「私は、明日髪をそって尼さんになる、だから公演に行くことができるでしょう。私は尼さんになる。明日髪を切るんだ」といって劇団の舞台写真を抱きしめてそこら中を走り回ります。私は涙が出そうになりました。ミャンマーに住んでいる親のないこの小さな子がこんなに喜んでくれる。それだけで私は十分だと。

子どもたちが劇場に向かうための送迎バスは、それぞれの地区のお坊さんが手配してくれることになりました。そんな毎日の中で、私とアンニョンが訪れた貧民街のお坊さんの中でも一番高名な方の所を訪れた時のことです。公演について一通りの話をし終えた時、その方は言いました。

「あなたの運命を見てあげよう」と。

私は運命は自分で切り開くものだと思っていたので、そういったことにあまり興味がありませんでした。でもせっかく言ってくださっているのだからお受けしようと、案内されるまま小部屋に入りました。後でアンニョンに聞いたところ、ミャンマー式占星術の計算は、死ぬ日までわかるそうです。

お坊さんは、私の生年月日を聞き数式を計算しているようでしたが、彼がその後に言ったことは大変衝撃的でした。

「あなたの寿命は、本当は五十二歳まででしかありません。これは生まれた時に決められているものです」私はショックを受けました。

もし五十二歳なら、あとたった七年しかありません。私も含めて、人は自分の死を意識して生きてはいないでしょうから、あと七年という時間はあまりにも短すぎ、私は身体が硬直するようなショックを受けました。初めて会った異国のお坊さんが意図的に言っているとも思えません。

私の目から自然に涙が溢れてきます。彼は続けて言いました。

「五十一歳の時に結婚する運命がきます。しかし、その時に結婚すればあなたは死にます。あなたがこのまま子どもたちのために働く活動を続ければ命を永らえることができるでしょう」

とても短いコメントでした。私は深くお礼を言ってその家を出ました。

ホテルに戻って、このことをよく考えてみると、私は次第にこの意味がわかりかけてきました。私はまだ自分の死期を考える年齢ではありませんが、いざ七年と言われてみると、限りがあることを生まれて初めて意識し、残された時間をとても貴重に感じることができました。とても不思議な感覚です。一日一日を大切に生きなくてはいけないということ、そして今のこの生き方でいいんだということを、教えてくださっています。誰もが生まれ持った宿命、でも運命は努力によって変えられる。そう思うと、これはミャンマーに来て、毎日を一生懸命生きていることに対して、神様が私にくださったメッセージのように思えたのでした。

祝福の黄色い花

公演準備が一段落し、実施の見通しが立ってきた頃、早朝にドアをノックする音に起こされました。寝ぼけ眼でドアを開けると、そこには、日頃親しく言葉を交わしている年若いメイドさんが立っていました。彼女は、抱えきれないほどの大きな黄色い花束を持っています。

私が何事かと思ってびっくりしていると、「あなたに」といってその大きな花束を差し出されました。その花は、可憐な黄色い小さな花が密集している水かけ祭りの花で、この時期、ヤンゴンの街中にはたくさん咲いています。

どうして彼女がその花束を持ってきてくれたのかわかりませんが、ミャンマーで受けとった生まれて初めての大きな花束は、私へのご褒美だったのかもしれません。

身を捧げる奉仕

ヤンゴンでの暑さと山積みする連日の準備の疲れを感じる間もなく、私はアンニョンともう一つの公演地、昔の王宮があった都マンダレーに向かいました。

ミャンマーに住んでいる数少ない日本人の中でもこの公演を一番喜んでくれたのが、ＹＭＣＡでボランティアをしている山地先生でした。

彼女は七十歳という高齢にも拘《かかわ》らずヤンゴンに滞在してミシンによる洋裁を教えています。時には山奥の村に行って何日も滞在して教えてくるそうです。若い人でさえ、この湿気が多く蒸し暑い気候には体力が消耗するのに、先生のバイタリティには本当に言葉もありません。

ある時、山奥から先生を訪ねて何日もかけてやってきた貧しい人物がいたそうです。彼は事故で片足をなくし山仕事をすることができず、人の世話になって生きていました。

朝ＹＭＣＡの門を開いたら、彼がそこに座っていたそうです。

彼は先生に言ったそうです。

「どうか私にミシンを教えてください」

彼が生きていく為にはその技術がどうしても必要だったのです。数か月後、先生から技術を教わり、もらったミシンを背負って村に帰っていく彼がいたそうです。

先生は言います。

「家族は私がミャンマーでボランティアすることを反対します。もういい年なんだからと。でもわたしの足腰が言うことを聞く限り、ミシンを背負って日本から来ます。そして一人でも多くの人が自活できるようにしてあげたいのです」

ＹＭＣＡの授業は早朝六時半から夜八時半ごろまで行われます。底抜けに明るくて元気な先生は、驚いたことに予防接種もせずにやってくるそうです。風土病も先生のエネルギーの前には退散してしまうのでしょう。私はキリスト教の信仰を持って、身を捧げてミャンマーの人々に尽くす山地先生の生き様を忘れることはできません。

また、マンダレー国立劇場の館長さんは、「あなたたちがここまでやってきてくれるのだから、私はできる限り精一杯のことをしてお迎えします」と約束してくれました。

この後、私は公演の準備で多くの国々を訪れることになりますが、文化や言葉は違っても熱い思いを共有し手を携えることができる人々と巡り合っていくことができたのです。

マンダレー郊外 ハンセン氏病の村での公演許可

私は、アンニョンからマンダレー郊外にハンセン氏病の村があることを聞き、ぜひそこで公演がしたいという思いが強くなりました。日本国内のハンセン氏病療養所は何度も訪れていましたが、海外のハンセン氏病の村は初めてです。

マンダレーから車で約一時間、マデイラ区に、やはりミャンマーでも疎外されている人々が肩を寄せ合って暮らしているイエナダ村がありました。親は病気でも子どもたちは元気です。しかし仕事につけないために家庭が貧しく子どもたちの就学も困難です。

私とアンニョンが村に到着すると、既に公演の話が広まっていました。

無理もありません。世界中にこの村を訪れて公演を行うなんていう人がいるわけがありませんから、村人にとっては大ニュースです。

私が、椰子の葉っぱが屋根になっている村の集会所に入ると、そこの黒板にはもう公演のスケジュールがしっかりと書き込んであるではありませんか。

それに私が通りを歩いているとそこかしこから私に向かって、人々の期待を込めた熱い視線が飛んできます。

「アンニョン、どうしよう。本当にできるかな」

「政府の許可を取るのが難しいね」とアンニョンが言いました。

やはり予想した通りミャンマー政府の反応は冷ややかでした。

病気で隔離された村だから許可が難しいというのです。

それからアンニョンと私は、許可を取るために遠く離れた軍の施設を訪れたり、政府関係者にあたったりして奔走しました。

途中の山のレストランでは「今生きたままの新鮮なサルの脳みそが食べられるよ」と言われ、ぞーっとしたこともあります。最後は、政府を説得しました。

「世界中のどこに自分からこの村に来ると言う人がいますか。お金を払っても嫌がるかもしれません。遠い日本からみんなを喜ばせるために来たいんです。どうか政府の力を貸してください」

とうとう政府から許可がおりました。

マンダレー公演の準備を終え、ヤンゴンに戻った私たちは、ほぼすべての準備が整ったことを確認しあって、ほっと胸をなでおろしていましたが、一番重要なことを忘れていたことに気がつきました。明日、メンバーが到着するに当たって、バンコクで乗り換えるヤンゴン行きの飛行機の重量オーバーの許可を取っていなかったのです。

アンニョンたちは「大丈夫だよ。なんとかなるよ」と、アジア的なおおらかさで安易に構えています。しかし多額の超過料金を請求されれば、公演ができなくなる恐れさえあるのです。

初めて全員がこの危機感を理解し、これは大変だということになり、アンニョンと私は、明日朝一番に運輸大臣の家を直撃することになったのです。

翌早朝、大臣らしい立派な構えの家に到着し、なんとかサインをもらうことができましたが、もう一人の大臣の承認がほしいということでその行方を捜します。

ゴルフ場にいるということがわかり、そこで捕まえることができました。それからバンコクに向かう飛行機の操縦士に直接その書類を託しました。

これもミャンマーだからこそできたことでしょう。

首都ヤンゴン国立劇場公演

ヤンゴン中心部にある立派な国立劇場前には、子どもたちを乗せた五十台の送迎バスが次々と到着しました。

バスのボディには日本語が書いてあります。日本ではもう使われなくなった古いバスが、ヤンゴンで立派に働き、子どもたちを劇場へと運んでいるのです。

こんな立派な劇場へ来ることはおろか、バスに乗ったことさえない子どもたちは、今から何が起こるか想像もできず、緊張しきった表情です。

広い客席の最前列には、文化大臣や政府関係者、その後ろには、一つのイスに可愛らしくちょこんと二人で座る小さい子どもたちもいます。劇場は、静かに整列して入ってくる子どもたちですぐにいっぱいになりました。

楽屋は、市場で買い揃えたもので準備が整っています。ブルーシートが敷き詰められ、着つけ用の等身大の鏡、鏡を照らすライト、衣装用のハンガーラック、そしてこれもアジアでは必需品の扇風機が置かれています。ハンガーラックに次々と衣装がかけられ、手伝いのスタッフが衣装のアイロンがけをしてくれます。

メンバーがそれぞれの鏡を覗き込んで、白塗り化粧が始まります。

公演の合間には、市場の屋台で選んだおいしそうなおかずと、白いご飯を一緒に詰め合わせてもらったお弁当を劇場に届けてもらうことになっています。

いつもの客席と反応が違ったのは、子どもたちのお行儀がとてもいいことでした。しかし、生まれて初めて見る日本のキモノ、まばゆい照明、美しい舞台に目を見張り、喜んでいる様子はひしひしと伝わってきます。

一方、出番を終えて舞台から楽屋に向かう私は、途中で銃を持って楽屋口を警備する兵士たち

バスから降りて劇場に入る孤児たち。

公演を見て嬉しそうに帰る子どもたち。

に出会いました。人の集まるところはテロに狙われやすいためです。

美しい舞台衣装をつけた自分と銃を持った兵士がすれ違う場面のコントラストに、この国の抱える一面を垣間見るのでした。

公演が終わると、入場した時とは打って変わってにこやかな笑顔の子どもたちを、全員が衣装のまま劇場の外まで見送ります。乗降口からはみ出るほどいっぱいの子どもたちが乗ったバス、子どもたちは見えなくなるまで手を振って、次々と劇場を後にします。ヤンゴン国立劇場での四回の公演は大盛況で幕を閉じました。

ハンセン氏病の村公演

翌日、私たちは、ヤンゴンからマンダレーに移動し、これまた熱狂的なマンダレー国立劇場の館長と黄金の民族衣装を着けた劇団員たちに迎えられました。館長の総指揮のもとマンダレー公演も大成功を収め、いよいよ明日はハンセン氏病のイエナダ村での公演です。

公演の朝、ホテルを出発しようとする時に日本から届いたＦＡＸは、誰も予想をしていなかった内容を知らせていました。日本のハンセン氏病患者さんたちが、裁判で悲願の勝訴を勝ち取ったと。

まさに私たちがハンセン氏病の村の公演に出発するその日、その時です。

この確率は一体？　こんなことが本当に起こったと思うと同時に、日本とミャンマーのハンセン氏病で迫害されている人々が見えない何かに結ばれ、そして私たちも動かされているのではないかと思いました。

私たちがマンダレーから車で一時間ほどのイエナダ村に到着したのはちょうど昼頃、夜の公演までまだ大分時間があるにも拘らず、大勢の村人たちが出迎えてくれました。たちまち人々が私たちを迎える長い人垣による花道ができました。

私たちは次々に首に花輪をかけてもらい、世界一幸せな気持ちで進みます。ハンセン氏病の人々、片目のおじさん、足のないおばあさんたちが、子どもたちに混じって、列の中から嬉しそうに、恥ずかしそうに握手を求めてきます。迫害され、差別されながら生きている人々が私たちを迎えてくれる長い列が続きます。

人に生まれて、これほど喜んで待っていてくれる人々がいるということはなんと幸せなのでしょう。ほんの百メートルほどの舞台までの距離がこの時ほど長く感じられたことはありません。

私は、この村を初めて訪れた時に感じたプレッシャーを思い出しました。果たしてこの人たちのために自分がどこまでできるのだろうか。しかし、それは、自分が決めなければ、一歩踏み出さなければ何も始まらないという決意に変わって、今日の日を迎えることができました。

アンニョンたちと必死に走り回ったことがここに繋がっていたかと思うと、私は、あきらめさえしなければ、必ず見えない糸に導かれるように辿り着くことができると感じました。

列の先には、マンダレーの国立劇場の館長が尽力し、三日がかりで作った立派なテントの舞台が完成していました。

差別されている村では、テントを作る職人さんを連れて来ることから始まり、工事期間中職人さんたちが村で食事を取ることまで、様々な難しい問題がありました。館長がそれら一つ一つを解決し、進めてくれたのです。

日本では考えられないようなテント小屋の粗末な舞台かもしれませんが、村人と私たちにとっては世界一の夢の舞台です。

私たちは建物の中で、村人が用意してくれた心尽くしのドライカレーをいただきました。

それから、公演前に、重病の患者さんが入院している病院を見舞いに行きました。身寄りのないお年寄りたちが、ベッドにきちんと正座して私たちを待っています。

ベッドを回るとみなさん拝むように手を合わせます。言葉は通じないけれど、私は「今日は一番前で見てくださいね」と話しかけ、両肩をさすり、手を握り締めました。

私が最も驚いたのはこの病院の食事でした。ここの食事に比べたら、以前カルカッタのマザーハウスで見た食事ははるかに豪華でした。病人一人に一年間数ドルの補助しか出ないという病院の食事は、肉はおろか、野菜さえまばらな汁です。ここでは院長先生が畑を作って作物を収穫し、なんとか患者さんたちを養っているのです。

舞台の前で私たちを迎える村人たち。

イエダナ村公演。雨の中、最期まで見てくれた観客。

病院を後にし、テント小屋の舞台の裏に向かうと、村人が用意してくれたかわいらしい手作りトイレに驚かされます。バナナの葉で屋根を葺き、木の蔓で作ったトイレットペーパーかけを白いお花で飾り……この日を待っていた村人の真心が、私たちを迎えてくれているのです。

狭いテント小屋の裏のスペースが楽屋になります。

公演中は、ほとんどが三分から五分で衣装を早替えするので、かつらや衣装や小物類をプログラムに合わせて効率よく並べ、楽屋の準備が進められます。

開演前には、噂を聞きつけ、近隣からも六千人とも言える人々が集まりました。遠くから牛車に乗ってきた人々もいます。

日が落ちてから少しずつ降り始めた雨の中、お客さんたちは地面にじかに座りステージの真下に届くところまで、びっしりと人、人、人で埋めつくされました。はるか後方はトラックの荷台に大勢の人が乗って見ています。

座長が白地のラメに大きなショッキングピンクのバラを縫い取りした華やかな衣装で、「花」を踊ります。テントの継ぎ目から雨漏りのしずくが落ちるたびに、楽屋ではかつらや衣装を移動させるのに大忙し。いよいよ雨が激しくなると、ステージにも水が溜まってきて、プログラムの合間に、スタッフたちが一斉に出て、雑巾で舞台上のブルーシートの水気をふき取るような状態になってきました。しかし、暗やみに溶け込む程、はるか後方までひしめきあう観客は、誰一人として、立ち上がりません。

私は最終プログラム「白浪五人男」の座長手書きの衣装が心配になり、この演目をするかどうかを座長に聞きに行きました。すると座長は「衣装は汚れてしまったら、また作ればいい。この人たちが喜んでくれるように、今できる精一杯のことをしてあげましょう」。

帰ってから衣装を広げてみると、弁天小僧菊之助で胡坐をかく私の衣装は、ちょうど座ったところに泥水がつき、この公演の感慨深い思い出をうっすらと残していました。

途中、羽織袴で雨に濡れるお客さんの中を歌いながら歩く座長も傘をささず、ずぶぬれで握手を続けました。

客席からは、人形やお花や様々なプレゼントが渡されます。決して豊かではないのに、自分たちが喜んでいることをなんとか少しでも伝えたいと。

白浪五人男が全員衣装を引き抜き、竹をつないで作った切り落としから色とりどりのテープ、花吹雪がふり注ぐと、公演は終了しました。

劇団のおなじみのエンディング「どうにもとまらない」の曲が流れ、前座で踊った子どもたち、準備をしてくれた館長やスタッフや村人、関わったすべての人々が肩を抱き合い、一緒にダンスを踊ります。お客さんも濡れたまま、最後までこの喜びを共にしたのです。

公演を終わって、すべての荷物を梱包し終わると、ありがたいことに、マンダレー国立劇場の館長が私たちのために食事を用意してくれていました。

来る時は飛行機でしたが、帰りは経費節約でバスで移動です。食事の後、シャワーを浴びて午前二時にマンダレーを出発し、ヤンゴンまで十二時間のバスの旅、ほとんど全員が爆睡状態でした。

すべての公演が終わった後、ＹＭＣＡの山地先生は、劇団の熱烈大ファンになっていて、公演を観なかった在ミャンマー日本大使館の二等書記官に「あなたこの公演を見逃したのは、あなたの一生の損失よ。本当に後悔するわよ」と熱く語ったそうです。二等書記官からは「伺えず残念でしたが、次回いらっしゃる時は、ぜひぜひお手伝いさせてください」という丁寧なお手紙をいただき、その後アメリカに転勤になってもご連絡をいただくほどでした。

多くの思い出ができたミャンマー公演、最後にモーさんが私にすてきなプレゼントをくれました。水かけ祭りの花のようにかわいらしい星型のサファイアの指輪です。

多くの困難をともに乗り切り、また、喜びの時間を共有した私たちの心は同胞として寄り添っていました。

ミャンマー公演その後　ハンセン氏病の村の子どもたちを日本へ招待

後日、劇団はイエナダ村の子どもたち十人を日本に招待し、浅草公会堂での公演で子どもたちの舞踊を披露して、子どもたちの就学支援を呼びかけました。幸い、姫路のライオンズクラブから申し出があり、子どもたちの就学援助と村に水洗トイレの建設をすることができました。

自動的に動く道、前に立てば独りでに開くドア、手を出すと出てくる水、ミャンマーのハンセン氏病の村からやってきた子どもたちにとって、日本はまさに未来都市です。

私は、子どもたちを引率してディズニーランドに行きました。少子化の日本では、子どもたちが両親に連れられてディズニーランドを訪れるのはそんなに贅沢なことではなくなっているかもしれません。しかし彼らにとっては一生に一回の出来事になるかもしれないのです。

五、六人の子どもが私の二本の腕を一生懸命奪い合って、まるで団子状態でディズニーランドを巡る私は本当に幸せを感じました。たった十人の子どもたちの思い出の一コマ、日本での感動を励みにして頑張ってほしいと思いました。

今はミャンマーの人々に一日も早く平穏な日々が戻ることを祈るばかりです。ミャンマー公演は私の海外公演準備での自立の一歩となりました。

第七章　中国内モンゴル自治区公演　二〇〇一年　―龍が降らせた喜びの雨―

寒冷被害救済支援のために

ベラルーシ共和国の放射能汚染地から始まり、訪れる人から人への縁を通じて、徐々に海外公演が行われるようになってきました。

二〇〇一年は五月にミャンマー公演、翌月は息つくひまもなく内モンゴル公演、そして十一月にはタイのバンコクとチェンマイでの公演と、年に三回もの海外公演を行ったのです。

中国内モンゴル自治区公演の始まりは、以前から内モンゴルの留学生のために奨学金を出して受け入れているという埼玉県久喜市の実業家との出会いからでした。その方は戦時中、中国での厳しい行軍で戦友たちが次々と亡くなる中、奇跡的に日本に生還したそうです。その戦友たちの分まで生かせてもらったという思いから、社会貢献を始めたそうです。

戦争を体験したことのない私にとって戦争は自分に直接関係のない遠い世界の出来事でしかありませんでしたが、こうして戦争の生き証人である方と会い、直に話を聞くことは、その思いを少しでも共にさせていただくものでもありました。その方の紹介で、内モンゴル自治区で旅行会社を経営する布特社長が公演実施をサポートしてくれることになりました。

内モンゴルでは非常に深刻な寒冷被害が発生していたので、「寒冷被害救済支援公演」ということで日本の支援者たちからの寄付も募りました。

中国での様々な関門

中国はこれまでとは事情が違い、入場料を取らないボランティア公演だと申請しても、公演の許可料五十万円を支払わなければならないという厳しいところからの出発でした。

その上、ミャンマー公演の直後ということもあり資金不足で、私は、出発前に、いつも応援してくれている企業に、「どうしてもお金が足りないので、今回、五十万円、なんとかご協力いただきたい」とお願いに上がったのです。

学校を建設するような形になるものとは違い、私たちのように、目に見えない感動を届けるという活動にお金を出していただくご理解を得るのは一般的には難しいのが現状です。

また、この五十万円という金額、最初から冠スポンサーで全額お願いするなら気持ち良く協力いただけるものを、足りないからというのは本当に心苦しいお願いでした。

しかし、ここでお願いしなければ、公演の途中で全員が路頭に迷い、頓挫してしまうのは目に見えています。こうして一週間後に振り込んでいただけるとのありがたいお返事をいただき、私はマネージャーとして一つの役目を果たし、ミャンマー公演の荷を解く間もなく、一人内モンゴルへと旅立ったのです。

私が内モンゴルの中心都市フフホトに到着するとすぐに、大変深刻な問題が浮かび上がってきました。唯一の協力者である布特社長は、この時期、大きな団体旅行が飛びこみ、公演の準備を一緒にすることが難しい状況になってしまったのです。

私は一人でホテルに滞在し、連絡を待つだけの時間が多くなりました。中国は英語はほとんど通じませんから、一人で交渉に歩き回ることはまったくできません。何もできないという焦りが刻一刻と私を襲ってきます。それでもなんとか仕事の算段をし、合間を見て駆けつけた布特社長とやっといくつかの公演地、劇場を訪ねることができました。

しかし、何せ広大な大陸ですから、時間的にも予算的にもすべての公演予定地を下見することはできません。後は運を天に任せるしかありませんでした。

神楽の大蛇

この公演の第一関門は、大変厳しいと言われる中国の税関です。

神楽の大蛇を含めて、刀や槍やカツラ、着物が無事税関を通過することができるだろうか。

内モンゴル下見で。

下見に訪れた公演地の村のパオの中でもてなしを受ける。

持ってくる道具や衣装には深い思い入れがあります。ネパール公演から採り入れた石見神楽の大蛇は、その芸を会得するために、一方ならぬ苦労がありました。

名実ともに大衆演劇界ナンバーワンと言われる花形座長の東京公演があり、私たちは、その方の芸を学ぶために二ヶ月間できる限り劇場に足を運び舞台を賑やかに応援しました。そして、座長は様々なオリジナル衣装をプレゼントしたのです。

その方は大衆演劇界の、若手たちがその座長の芸、衣装、カツラをすべて見本にするという素晴らしい役者さんです。

一流ファッションメーカーのデザイナーだった座長の作る衣装の素晴らしさと通い詰めた熱意に、大衆演劇の座長は、とうとう私たちの劇団の東京読売ホール公演にゲスト出演してくれることになったのです。そこで、稽古のためにその座長の公演先である四国の健康ランドまで赴き、若手メンバーたちが大蛇の芸を伝授していただきました。

外部の者にそういった芸を伝授するというのは、通常は有り得ないことです。

その後は、実際に島根県の石見神楽の祭りを訪れたり、また広島の神楽ドームに出かけ、次第に「神楽の気」を身体に取り込んでいきました。

深夜に車で茨城を出発し、広島県の山間にある神楽ドームに着いたのはまだ山全体が朝霧に包まれている早朝六時。それでもドームの入り口には既に三、四十人が並んでいました。

神の力を招き鎮めることによって、生命力を高めようとする儀式が神楽の所以だからでしょうか。幕があけても、あけても同じような演目が繰り広げられるにも関わらず、十二時間見続けてもまだ飽きない神楽の魅力は、言葉では説明し尽くせないものがあります。ビジュアル系の演者には追っかけもついています。

目を見張る豪華な衣装は、伝統芸能の職人が何か月もかけて作り、一着何百万もしますが、村々が共有財産とし、競い合って揃えるそうです。

ドームを出ても、駐車場で踊る神楽狂とも言えるような熱狂的な人々に混じり、全身を流れる血液まで神楽漬けになりそうでした。

この時、神楽の話を熱心にしてくれたおじさんは、それから、毎年生牡蠣を送ってくれました。人の縁はどこで繋がるかわかりません。

それから、石見神楽の職人さんを訪れ作ってもらった頭と胴合わせて十メートルの大蛇が見事に舞う姿は、日本人でも目の当たりにする機会は少ないでしょう。日本の文化芸能を伝える豪快な神楽の大蛇は、海外の人々に大変喜ばれるものとして、内モンゴル公演の演目にも入っています。

ところで龍神は水の神、龍の舞は雨を呼ぶという言い伝えがあります。

読売ホール公演初日の時も雷が鳴り響くほどの大雨になりました。その後も、龍の舞の度に雨の降る確率は百%をキープしていました。

今回は寒冷被害救援公演、何せ内モンゴルでは二年間も雨が降らないような干ばつ続きなのです。

そこで下見に訪れた村々で「龍神の舞が雨を降らせる」という言い伝えを話したので、否が応でも人々の悲願とも言えるような期待が高まってしまいました。

私は、そういうことを口にすることは責任があると感じながらも、雨は絶対に降ると信じて微塵も疑っていませんでした。

北京の税関通過

劇団が到着する日、布特社長は、どうしても北京空港に行くことができず、たまたま近くにいた布特社長の後輩の張さんという方が、事情を聞いてピンチヒッターで一緒に北京に行ってくれることになりました。

ところがこの出来事が、実は何事にも偶然はないということを教えてくれるのです。

北京の税関は大変厳しく、どうしても通してくれません。とうとうフフホト行きの飛行機が発つまでに乗り換えができないのではないかという事態に近づいてきました。

すると張さんは「もしこの劇団をフフホトに行かせることができなければ、私は腹を切ってここで死にます」と税関で言ったのです。

「張さんどうしてそんなことを言ったのですか?」と聞いたら、「自分でもどうしてそんなことまで言ったのかよくわからないけど、絶対ここを自分の責任でなんとかしようと、とにかく必死の思いだった」と。

　しかし、ちょうどその究極の場面で、張さんの同級生が目の前を通りかかったのです。その人は、直前に北京の税関に赴任してきたばかりだったそうです。それでももし何かあったら彼が責任を持つということで、間一髪、私たちは無事飛び立つことができました。

　私は、張さんは、まさにここを通過するために神様が遣わしてくれた人だと思いました。

ボランティア参加のメンバーたち

　フフホト市の劇場から始まった公演ですが、夜になると、何千人もの市民が集まる新華テレビの広場の野外舞台でも公演を行うことになりました。

　しかし、舞台や楽屋の準備ができた公演開始二時間前に、電気が使えないという事態になりました。

　急遽、布特社長と管轄の市役所に駆けつけると、広場を管理している団体が電気代を払っていないというのです。とにかくその場で事情を説明し、三時間だけ電気を通してくれるようにお願いし、大勢の市民が熱狂する中、屋外での公演を実施したのです。

　内モンゴル公演は、まさに体力勝負の強行軍となりました。

　内モンゴルの習慣で、人々は夕食後に劇場にでかけるので、公演の開始が夜の八時過ぎになります。終演時間は十一時近く、それから片づけて荷物を積み込み深夜過ぎに次の公演地に移動します。しかし、この公演では、男性のボランティア参加が多かったので助かりました。

震災の中、デビュー公演にかけつけてくれた姫路の四十代の社長は、姫路城の守り主のような方で日頃からよさこいソーランなど地域活性のイベントに力を入れている方です。彼の友人でイベント会社の社長は舞台監督で参加してくれました。

また、網走刑務所公演を段取りしてくれた元大手旅行会社支店長は、今は劇団を支援する会社に再就職しており、再再出発にあたり、この公演で何かを掴みたいと思っていました。記録映像の撮影を担当するのは、以前から座長のファンであり、弟子である三十代の主婦、福島で劇団の後援会を主宰するリーダーです。福島県の三人の主婦たちが、チェルノブイリの子どもの保養活動をはじめとする劇団の活動を陰で支えてくれていました。主婦として家族を守るだけではなく、自分ができる社会貢献をしていきなさいという座長の指導で、バザー等で資金を作り、家族の協力のもと、彼女たちのできることを地道に支援してくれています。

また、チェルノブイリ放射能汚染地公演以来、劇団を支援している六十代の女性社長は、今回是非にと妹さんも連れてきました。

この社長は、座長の理念に誰よりも共感し、劇団を応援し続けている方です。小さい頃、兄弟たちとともに孤児院で育った経験があるため、恵まれない子どもたちに対する思いがとても強く、会社は「未来の子どもたちのために」地球環境を守る理念を掲げています。どんな公演の時も、真先にジャージに着替え自ら裏方を買って出て、奉仕するような元気印の方です。

新華テレビ広場を埋めつくす人々。

寒冷被害のシウキ。800人の劇場に2000人とも言われる人々が。

まったく違った環境で生きるみんながそれぞれの目的を持って参加し、自分の仕事を見つけ、公演が進んでいくのでした。

シリンホトから

工場の町パオトウで、長年工場で働いた退職者の方々や市民を招待しての公演を終えた劇団は、飛行機に乗り、中国大陸をチンギスハンの足跡の残る奥地、シリンホト、シウキ方面へと向かいます。

私たちはフフホトからシリンホトまで飛行機で向かい、荷物は陸路をトラックで走らせましたが、心配されたように、途中、大雨で道がなくなっており、荷物がシリンホト公演の初日までに届きませんでした。その上、到着した劇場では、ダブルブッキングという事態、交渉を重ねた末にやっと準備が始まると、設備の悪い劇場では、軽い感電をしながらも、スタッフが照明のセッティングをしてくれました。

また、ここまできて日本からの五十万円の振込みが確認できず、私は公演を続けるために、シリンホトのホテルから日本に国際電話をかけて、再度のお願いをしたのでした。このあたりは田舎で、十分なホテルの施設もないので、シリンホトのホテルを拠点に移動して、公演を行いました。

夜になるとぐっと気温が下がるモンゴル高原、その分、道すがらに見える草原の星空が澄みわたっています。

公演を終えて戻る深夜に、食事ができる場所はありません。

深夜二時頃、このような遠くまでよく来てくださったというレストランのオーナーのご好意で、満面の笑みで迎えてくれるスタッフたちに囲まれながら、半分眠りながらも、食べきれないほどのモンゴル料理をいただきました。

寒冷被害の町シウキへ

シリンホトから、さらに奥地へバスで長時間移動し、いよいよ、今回の内モンゴル公演最大の目的地である遊牧民の村シウキに到着しました。寒冷被害が最も大きいといわれるところです。ところがこの会場で真っ先にしなければならなかったことは、舞台に降り積もる何センチもの粉塵の除去でした。

劇団のメンバーにはホテルで化粧の準備をしてもらい、私は一人息子を実家に預けて参加している岡山の三十代の主婦と、福島の二十代の看護師さんと共に、会場の掃除に向かいました。

二人は頭にきりりと三角布を被り、掃除のメンバーに選ばれたことに、喜々としています。ボランティアで参加したからには、一番役に立つことをできるのが嬉しいのです。

その埃は、水を掛けてダマにしなければ、とてもとても箒で掃くことができない厚く降り積もった代物で、タオルで鼻と口を覆い、ステージにバケツでダーっと水を撒くことから始まります。また割れたガラス窓の隙間の修復等のメンテナンスも必要でした。

掃除が一段落すると、私は、メンバーの公演前の食事の買出しに地元の市場に出かけました。田舎のことで十分なおかずはありませんが、屋台でおいしそうな肉まんをみつけ、大量に買い占めます。

買い物を済ませて戻ると、劇場前には、公演の噂を聞きつけて集まった老若男女が既にあふれ出していました。

私は肉まんの袋を抱いて、言葉は通じなくても子どもたちに、「楽しみにしていてね」と笑いかけながら群れをかき分けて会場に入り、撮影の担当者にこの様子を撮っておくようにお願いしました。現地での一こま一こまが活動の貴重な記録です。

こんな奥地までやってくる劇団がいないことは、ステージの埃の山が証明しています。それだけに一層やりがいがあるというものです。

狭い舞台を幕で仕切って、舞台の後方四分の一が楽屋になり、衣装が並びます。ステージにはフフホトで買ったパンチカーペットが敷き詰められて、舞台下直前に音響デスクが設置されます。

音響は、毎回、福島の音響会社の社長の協力で格安で手伝ってもらっています。

今回やってきたかっくんは上がり症で本番に弱いので、緊張して、何日もあまりご飯が食べられないようですが、恋人からもらったお守りを頼りに頑張っています。

開場すると、八百人しか入らない劇場には、たちまち身動きができないくらい大勢、二千人と

内モンゴルにて、メンバーの公演前の食事の買出し。

も言われるくらいの人々が入場しました。

公演が盛り上がってくると、会場は興奮の渦となり、将棋倒しになるのではないかという心配さえ出てきました。スタッフたちが、舞台に雪崩れ込もうとする人々を止めるのに必死の中で、シウキ公演は、感動のエンディングを迎えていきました。

龍神が降らせた喜びの雨

公演が終わると深夜から、内モンゴルの乾ききった大地に、恵みの大雨が降りました。

村長が言いました。

「二年間雨が降らなかった土地に、日本の劇団が訪れて雨を降らせた。これはきっと伝説になるとみんな言っていますよ」

座長は「みんなが喜んで心が潤ったからですよ」と。

翌朝空港に戻る道すがら、草原のあちらこちらに、今まではまったくなかった大きな水溜りが出現し、和んでいるようにも見える羊たちが点在しています。

五月、六月、ミャンマーと内モンゴルとたて続けに行った公演は、喜びも失敗も含めて、私にいろいろなことを教えてくれました。

一つだけ共通することは、どんな状況でも自分で考え、前に踏み出さなければ、閉ざされた門は、開かないということです。

第八章　タイ公演　二〇〇一年　―助成金より貴い賜物　人の真心―

二〇〇一年　チェンマイとバンコクにて

二〇〇一年、四回目の海外公演となるタイでの公演は、ミャンマーからつながりました。ミャンマーへの熱い思いを語り、私たちをミャンマーへとつないでくれたあの特攻隊の生き残りだという社長さんが、タイのバンコクにある国際交流基金の事務所へ連れていってくれたのです。それは、最初にミャンマーを視察に訪れた帰途のことでした。

国際交流基金の事務所は、バンコクのビジネス街の中心の立派なビルにありました。

オフィスの廊下で緊張して待っている私たちを迎え入れてくれたのは、タイ事務所の副所長、洗練された物腰の柔らかい方でした。敬虔なクリスチャンで、口髭を蓄えていらっしゃる面ざしが、どこか秋篠宮殿下に似ていらっしゃいます。

私たちの話を丁寧に聞いてくださった副所長は、私たちを隣のオフィスにある在タイ日本大使館に案内し、文化担当一等書記官を紹介してくださいました。この方は、副所長とは対照的に、俳優の西田敏行さん似の山形出身のユニークで型破りな感じの方でした。

後で聞いたところによると、会議の途中で、取っ組み合いのけんかをしたという伝説があるかないとか。外務省職員の枠に収まらないイメージの方です。

帰国してから、何度か連絡を取らせていただき、まったく正反対のタイプのこのお二人の温かく熱い心が、私たちのタイ公演の実現を助けてくれることになっていきました。

まず、最初のアプローチは、国際文化交流の助成金応募から始まりました。

国際交流基金副所長と大使館一等書記官の推薦をいただき、ハンセン氏病療養所慰問からチェルノブイリやネパールなどの海外公演の実績、活動の目的などを書き込んだ、書類と舞台映像の参考資料を提出しました。

ちょうど、締切りぎりぎりの十一月末です。しかし、結果的には、お二人の推薦空しく、私たちの国際交流基金への助成金申請は落選しました。

日本の伝統文化を海外に紹介し、交流を深めるためにというのが助成金の条件ですが、私たちの舞台は、時には演歌、そしてシンセサイザーなどの音楽を使った現代的なアレンジなので、日本文化の交流とは認めがたいということです。

一等書記官は、「どうしてこの劇団に助成金が下りないんだ。以前助成金を得た有名な音楽家がやってきたが、チケットが高額で売れず、連日企業を回りチケットの買取りをお願いして、やっと席を埋めたのが実状です。私は、タイの貧しい子どもたちが最も必要としているのは、このような舞台だと思う」。

私たちの舞台は、伝統文化、高い芸術レベルをクリアしているわけではありませんが、子どもから大人まで言葉も国境も超えて楽しめるエンターテインメント性があると自負しています。

私たちは一部の外交官や上流階級のための交流ではなく、貧しく、普段このような公演を見ることのできない人々のために届けたいのです。

そして一等書記官はこのように言ってくださったのです。

「もし、助成金が得られないのなら、自分にできる協力はなんだろうと考えました。今、自分ができるのは、公演実施のために頭を下げてお願いすることです。その方法で、できる限り、公演をサポートしましょう」と。

それからの彼は、その言葉通り劇場に子どもたちを運ぶバスの駐車場を無料にしてもらう等、各所に頭を下げて、公演への協力をお願いして下さいました。

交流基金からの助成金はでなかったけれど、お二人の強力なサポートをいただき、タイ公演の準備が本格的にスタートしました。

チェンマイ公演の準備

日本大使館の一等書記官が、チェンマイの領事館を紹介してくれたので、早速、チェンマイでどのような公演が行えるか、視察と打ち合わせに行くことになりました。

タイの国内線に乗ってチェンマイの空港に着くと、一等書記官は、黒い鞄を背広の肩から斜めがけして、背広がよれて皺になるのも気にせず、にっこにこと待っていてくれました。やっぱり西田敏行さんだ、と思ってしまう、とてもエリートの一等書記官とは思えない不思議な人物なのです。

空港には、領事館手配の車が迎えに来ていました。普段、なんでも自分たちでしなければならないボランティアに慣れている私たちにとって、運転手付きの車は初めてです。

そして、この公演について、相談に乗ってくれるのが、領事館の、腰が低く、とてもフレンドリーな五十代後半のスタッフです。

領事館に到着すると、入口から堅固なドアを何枚も通過し、いろいろな国籍の人々が働いているオフィスを抜けて立派な会議室に通されました。

チェンマイには少数民族の孤児たちが多いということを聞き、子どもたちの心に美しい感動をプレゼントするために劇場に招待したいこと、また、劇場に来れない子どものために、少年院でも公演がしたいとお願いしました。

チェンマイ日本領事館の総領事のデスクは終日空席で、私たちは、この時、総領事にお会いすることはできませんでした。初めて訪れたチェンマイで、迎えに来てくれた領事館のフレンドリーなスタッフに、おいしいタイ鍋をごちそうになり、バンコクへと戻りました。

チェンマイにて

日本に帰国してからは、タイ公演の準備のお手伝いに、国際交流基金バンコク事務所の二十代の日本人女性スタッフが担当になってくださいました。

彼女は、タイのスラムで長年孤児たちの面倒をみるボランティアをした人物なので、タイの貧しい子どもたちの状況に詳しい適任者として、副所長が公演の担当に選んでくれました。それからは、私からのさまざまな細かい質問、要望、準備に、彼女は誠実に対応してくれました。

こちらがお世話になっていることなのに、どこまでいっても、「させていただきます。どうぞ教えてください」という彼女の姿勢に、私は終始感動し、我が身の足りなさを反省させられました。

そして公演が始まる十日ほど前に、最終準備のために私は一人でタイに到着しました。

バンコクでの一通りの準備の後、チェンマイに向かった私は、領事館のご好意で領事館の女性スタッフのマンションに滞在させていただくことになったのです。

帰国子女の彼女は、お父様は商社の役員というお嬢様で、タイ語が堪能なエキゾチックな美人です。ある朝、気がつくと、洗濯機の横の私専用の洗濯かごに入れておいた洗濯物を、彼女が自分のものと一緒に洗ってくれていました。それを見つけた時は、ちょっと驚きましたが、真っ青な青空が広がるチェンマイの高級マンションのベランダに、彼女と私の下着やTシャツを次々と干していく私がいました。それからの二人は、すっかり打ち解けて、私が離婚してボランティアに入るまでのいきさつを話したり、彼女がどんな結婚に憧れているのかとか理想の男性像を聞くなど、まったく違う環境で育った私たちは、短い期間のルームメイトとして過ごしました。

広々とした3LDKのマンションの一室に滞在させていただき、朝は彼女の車で領事館に行き、午前中は、事務的な作業をし、午後から領事館の車で劇場や各所の打ち合わせに行くという毎日です。

滞在中、最も気に入ったのがショッピングモールの食堂フロア、安くておいしいタイ料理のランチが食べられるのです。

ある日、いつものように彼女の車に乗って領事館に行った折に、廊下からふと総領事の部屋を垣間見ると、そこには、なっ、なんとタイ鍋を御馳走してくれたフレンドリーなスタッフが座っているではありませんか。そう、彼が総領事だったのです。それでも私は、「えっ、どうして座っているの?」と思うほど、彼はえらぶらない人柄の方でした。

それまでに日本から何度かメールのやりとりをしても「私が総領事です」とは一言もおっしゃ

らなかった方です。今では本当に笑い話のような出来事でした。

チェンマイの公演の準備が進んでいく中、舞台でどうしても竹のディスプレイが必要なので、「チェンマイで手に入らないか」と総領事に相談したところ、難しいと言うのです。しかし、街では、よく竹を見かけます。

公演の前日、どうしてもこれを手に入れようと思った私は、一人タクシーで街に出て、いい竹林のある家をみつけ、ピンポーンとドアフォンを鳴らしました。

私はポスターを広げて「この公演のために、ぜひ竹を分けてほしい」とお願いしました。家主に快く許可をいただいた私は、早速、裏の竹林に入り、いい枝ぶりを選んで、のこぎりで、ぎこぎこと竹を伐採しました。

トラック型タクシーの荷台いっぱいに、こぼれそうなほどの竹を持ち帰った私に、総領事はびっくり仰天。

ところが、当然、この長さではエレベーターに載りません。そのためクレーン車をゲットして、ビルの外側から九階の劇場の楽屋口まで、束ねた竹を何回かに分けて、引き上げたのです。ゆらゆらと壁際に沿って、ビルの壁面を上がっていく竹は圧巻でした。

公演当日のハプニング

タイ公演の初日はチェンマイのガド劇場です。朝、劇場につくと、領事館にお願いしていた通訳が来ていないため、劇場を開けてもらうことさえできない状況になりました。

言葉がまるで通じないのです。

あわてて、領事館に連絡すると、「今日は、他のイベントが立て込んで通訳をまわせない」と言うのです。

「そんな、当日の当日にどうしよう」

この時ばかりは私も半泣きで「もう公演ができないかもしれない」とバンコクにいる一等書記官に緊急の電話を入れました。

ところが、恐るべし一等書記官、三十分も経たないうちに、通訳が飛んできたのです。

壁一面が木彫りの彫刻、観るものを圧倒する重厚さは美術館のような贅沢な造り、タイで一番立派なガド劇場に、ここに最も不釣り合いにさえ思える観客たちを迎えて公演が始まりました。

まず、人々が起立し、左胸に手をあてて、国歌斉唱します。これはこのあとアジアの各国で何度か見るようになる風景です。

公演が終わりごったがえすロビー、私は、握手の順番を待っている子どもたちの中に、ひときわ身を小さくして息を潜めるように並んでいるエイズの孤児たちを見つけました。

今にも消えそうな命の灯火を必死に燃やして生きている彼らの姿に、私が走り寄るより早く私の方に飛び込んできた彼らは、その小さな手で私の身体を精一杯抱きしめたのです。私の腰に回りきれないその手や全身から「大好き」という言葉にならない彼らの心の声が伝わってきました。

別れがたい思いで、彼らが差し出した手を掴んだ時の湿った手の感触を、私はこの子どもたちの気持ちと一緒に記憶に深く刻んだのです。

翌日、チェンマイでのもう一か所の公演地、保護監察センターでは、臨時のステージが設置されたトタン屋根の体育館で、みるからにオカマチックな男の子たちが熱狂的に迎えてくれました。

彼らは感情表現が豊かで、「舞台最高‼」という最大限のアピールをしてくれるので、他の少年たちよりも目立つのです。出演者にとっての最大の喜びは何といっても観客からの熱烈声援です。

海外での公演を実施するには、日本では考えられないような様々なアクシデント、それこそ行き違い、ハプニングがありますが、それを乗り越えて成功した時に、大変だったけど諦めないで頑張ってよかった、そして、みんなが助けてくれたからできたんだと感じる瞬間がやってきます。忙しい中を駆けつけてくれた総領事と奥様は、お二人で作ったおにぎりを差し入れてくださいました。二人暮らしで、小さなお釜しかないというのに、何度もご飯を炊いて、何十個も作ってくださったのです。ふっくらとしたそのおにぎりのおいしさに、これまでの疲れもいっぺんに吹き飛んでしまいました。

まもなく定年を迎える年齢で、このチェンマイが最後の勤務地だという総領事は、打ち上げで、「どんな状況でもあきらめないということを菊池さんの行動する姿に教えてもらいました」と言ってくださいました。

目的のためには無我夢中で、多々失礼もあったかと思いますが、子どもたちの喜ぶ顔を見られたことが、協力の喜びとして残りました。この後、何か国かで公演を行うようになり、日本大使館に「日本から来て公演をいたします」とご挨拶に行き、公演にご招待することはありましたが、全面的に応援いただいたのは、このチェンマイの領事館だけでした。

公演の翌日、公演に招待した日本人の女性が運営するエイズ孤児の施設を訪れました。チェンマイ郊外に車で一時間ほど行ったところ、自然の緑で覆われた入口の先に、広い敷地が広がっています。

そこでは、十七、八人のエイズ孤児の子どもたちが、看護師のスタッフのケアを受けて暮らしています。母親がエイズだと、生まれた時から母子感染でエイズになってしまうのです。

施設は主に日本からの寄付で運営しているそうですが、日本から来ているボランティア参加のスタッフもいて、ちょっとしたことにもすぐに体調を崩す子どもたちに、二十四時間体制で付き添っています。

私たちが施設を訪れたのは昼前の時間だったので、ちょうど庭にある吹き抜けの食堂で就学前の幼い子どもたちだけが食事をしていました。

子どもたちは、最初は少し離れて見ていましたが、すぐに近づいてきて、背中によじ登ってきたり、膝の上に座ってきたりと人懐こく、お絵かきをしたりして一緒に遊びました。

蒸し暑いチェンマイの気候で湿ったTシャツから伝わってくる子どもたちの体温が、私には、彼らの生きている証、小さな息吹のように伝わってきました。普段、外から訪れる人はほとんどいないので、子どもたちは遊んでくれる人が大好きなのです。

大河の一滴

チェンマイに続き、バンコクでは、タマサート大学の講堂での公演、プラティープ財団がケアするスラム街クロントイスラムの小学校の校庭に作った野外舞台での公演、少年矯正施設のシリントン職業訓練所での公演を行い、タイのすべてのスケジュールが終了しました。

公演中は、いつも交流基金の副所長とあの謙虚で実行力のある女性スタッフが、影のように、私たちを支えてくれました。

思いが伝わり、波紋が広がっていく、今までまったくなかったものが形になっていく、「大河の一滴」という言葉があるのなら、そのひとしずくは、私たちにタイで公演する道を開いてくださった国際交流基金の副所長のご厚意です。

第九章　フィリピン公演　二〇〇二年
―ベラルーシ、アルメニアからつながった不思議な糸―

　事情もわからず、条件が違う海外で、自力で二万～三万人集客規模の公演を行うということは本当に難しいことですが、多くの人々の思いと情熱があって、公演の準備から実施まで進んでいくことができました。

　二〇〇一年は、ミャンマーから始まり、内モンゴル、タイと一年に三か国で公演を行うことができました。

　どうして海外ですか、日本でも困っている人々がいるのではないですかという質問を受けることがありましたが、座長は出会いの縁をとても大切にする方で、ご近所のお祭りや親しい障害者施設などにも毎年舞台を届けていました。

　そのような中で、自然に海外につながる方たちと出会い、縁が広がっていったのです。

アルメニアの青年ヴィケンの来日

アルメニアの青年ヴィケンを検査のために日本に招待すると約束した座長は、静岡公演で集まった募金二十四万円を、青年の病気治療の旅費として使わせていただきたいと主催者にお願いしました。

ところが、アルメニア大虐殺の時に国外逃亡した多くのアルメニア人の一人であったヴィケンの先祖はシリアに逃れたため、ヴィケンはシリア国籍で、その頃チェチェン侵攻で、アラブ系のテロを恐れていたロシアを通過することができませんでした。

それで、予定していた航空運賃を大きく上回る遠回りのドバイ経由を選びましたが、テロリストである可能性を優慮した在ドバイ日本大使館からはビザの発行が難しいという電話がきたのです。

彼の病気が予断を許さない状況かもしれないので、なんとか人道的措置をとってほしいとお願いしたところ、外務省から直接、聞きとり調査の電話が入り、ヴィケンはドバイで一か月待機した後、人道的な特別措置でとうとうビザが発行され、来日することになりました。

ヴィケンが成田空港に到着したその時に、北関東地方に突然ピンポン玉大の雹が降りだしました。それは農作物に大きな被害がでるという未だかつてないような気候変異で、私はヴィケンを乗せた車をショッピングセンターに一時避難させなければならない程でした。私はヴィケンが、通常では考えられないいきさつで遠い日本にやってきたことを思うと、まるでアルメニアを代表して多くの魂を一緒に連れてきたかのようにも感じました。

劇団の支援者である医師のお世話で、病院で検査を受け始めたヴィケンですが、滞在して何日か経った時、ヴィケンは、「教会に行きたい、教会でお祈りがしたい」と叫んだのです。無理もありません、敬虔なキリスト教徒ですから。

インターネットで調べると、一番近くの教会が留学生が多いつくば市に見つかりました。ヴィケンを連れて日曜礼拝の教会を訪れた時に出会ったのが、フィリピンの留学生たちでした。座長は早速、故郷を遠く離れ勉強している彼らを食事に招待しました。

そのフィリピン人留学生のリーダー、ダヨさんに英語の家庭教師をお願いするようになり、親交を深めていきました。

留学を終え帰国したダヨさんは、大学の准教授になり、政府や各方面に呼びかけてフィリピン公演実現のために尽力してくれたのです。

子どもたちへのクリスマスプレゼント公演

二〇〇二年、ダヨさんの親友でフィリピン大学の劇場UPシアター支配人レオさんが、義父であるペトロン財団の創設者に働きかけたことでペトロン財団がスポンサーにつき、また、社会福祉大臣自ら陣頭指揮をとり、貧しい子どものケアをしているNGOをまとめ、子どもたちへのクリスマスプレゼントとしての大規模な公演が用意されていきました。

フィリピンの最初の公演地は、太平洋戦争の激戦地だったミンダナオ島のダバオ市です。やはり劇団に食事に来ていたつくば大留学生ダニエルの熱血お父さんがコーディネートを買って出てくれたので、私は、一足早くダバオに入り準備を進めていました。座長はダバオに到着すると、パトカーの先導で真っ先に戦没者慰霊碑に向かいました。千羽鶴を供え、故郷に帰りたかったであろう御霊に、全員で日本の歌を捧げました。

テロの厳戒態勢にあるミンダナオ島のダバオ市の劇場では、警察犬が会場の警備をして厳重な手荷物検査が実施されました。

今回はいつもと違い、大衆演劇界で最も人気のある若手スターの一人がゲスト参加していました。商業的な舞台で、日頃はお客様から多額のおひねりをもらっている彼にとって、海外のボランティア公演は初めての体験です。

ところが、ミンダナオ島のダバオで始まった公演で客席から最も人気を得たのは、最近劇団に入ったばかりの新人の青年でした。これによって、劇団若座長と若手スターは大変なショックを受けましたが、客席の反応はコントロールしようがありません。

舞台に立てば、化粧をして豪華な衣装を着けていても、その心は観客に素通しでわかるのでしょう。彼の顔がフィリピン人好みであったこともあるでしょうが、一生懸命踊る新人の青年へ向けられる若いファンたちの絶叫にも近い熱烈な声援は、離れた楽屋にまで鳴り響きます。そこから彼らの若座長として、プロの人気役者としてのプライドをかけた葛藤が始まりました。ケソンのフィリピン大学の大劇場に移り、最後の公演までになんとか復活した彼らの努力は素晴らしいものでした。

ケソン市の二千六百人収容のフィリピン大学UPシアターでは、昼夜二回二日間公演が行われます。

ペトロン財団は、劇場経費、子どもたちの送迎バス、そして約一万人の子どもたちの昼食のスポンサーになってくれました。広い敷地に次々と大型バスが到着し、大勢の子どもたちが芝生に座って食事をしてから入場し、クリスマス公演を楽しみました。

次に訪れたケソンからバスで約三時間の山越えをして到着した三百人の少年が更正教育を受けている少年院では、少年たちが上手なダンスを踊って歓迎してくれました。

そのようなハードな公演が続く毎日でしたが、昼、夜公演を終えて、へとへとに疲れているのに、座長と私たち数人は劇団員を乗せてホテルに戻るバスをクリスマスイルミネーションが溢れる街中で途中下車し、連日欠かさず駆けつけたのがニューハーフのショーでした。

フィリピンでは比較的安価な料金で、大きな舞台の劇場で壮大なセットを動かして演出するところから、小さなパブまで、いろいろなニューハーフショーがしのぎを削っています。

大きな劇場だと、スフィンクスがくずれたり、舞台が回ったりという大がかりな演出に驚かされますが、なんといってもニューハーフたちのきれいなこと。勿論整形はしているでしょうが、美しさに対する飽くなき努力と舞台のエンターテインメント性には頭が下がりました。調子に乗って胸の谷間にチップを入れていたら、私たちの席に出演者が大勢集まってしまいました。また、公演が終わると、出口のロビーで彼女たちがゴージャスにずらっと並び、料金を払うと一緒に写真を撮ってくれます。フィリピンでは、そんな楽しみもありました。

私は、公演中ゲストの若手スターの付き人をし、舞台袖で彼の踊りを終始観ていましたが、彼が、自分は日本で人気がある、上手なんだというプライドを捨て、おひねりのためでもなく、ひたすら観客に喜んでもらうために最高の踊りをするという原点に立ち返った時に、客席の反応が変わりました。

スーパー歌舞伎の厳かな音楽で登場し、曲想がアップテンポに変わると、座長がデザインしたむら染めのショッキングピンクのうちかけを脱ぎ棄てます。淡いピンクのアオザイのシフォン衣装を宙に翻して、扇を自在に操り踊る彼は、観客の心に最も近い所にまで到達し、とうとう彼らを熱狂させました。

また、若座長は、観客に語りかけるような優しさが滲みでる舞で心からの賞賛の拍手を浴びたのです。日常にまぎれいつの間にか失っていた本質を、それぞれが気づき取り戻す時間でもあったのです。

ペトロン財団の副社長は、「今日は私の会社で掃除をして働いている方の子どもも来ています。本当に貧しい子どもたちが大勢来ています。今日のことは子どもたちの心に一生残るでしょう。素晴らしいクリスマスプレゼントをありがとう」。

準備委員会の中心となったペトロン財団の事務局長マルーさんは、「フィリピン社会のなんの特権もない階層のすべての観客を快く受け入れてくださりありがとうございます。フィリピンの歌手は、有名になるとニューヨークに行って稼ぎますから、フィリピンに戻ってくることはありません。アジアの中でも格上の経済大国日本から、こうしてフィリピン人との交流と貧しい子どもたちのために来てくださるなんて、心より感謝いたします」。

ダヨ先生は、「あなたたちの温かいメッセージ、希望を非常に多くのフィリピンの人々にもたらしてくれたことにもう一度お礼を言わせてください。小さなことからスタートしたことが、大いなる成功をもたらすことを見せられました。私という小さな橋を通し、多くの人にコンタクトする大きな橋になりました。私は、あなた方を多くのフィリピン人につなぐ小さな橋だったことを幸せに思っています。二週間の間には、いろいろと問題があったことをお詫びします。あなた方は私の人生に触れ、私の人生を変えました。お金、時間、結果、持っている能力を与えることの美しさを伝えてくれました。これは、私の人生において絶対忘れることのできない経験となりました」。

公演の前に挨拶に訪れたある日本の政府機関の代表から、「あなたたちはフィリピン人の対日感情を知らなさすぎる。そんな安易なことで彼らの感情や隔たった壁を取り除くことはできないんですよ。あなたたちはよちよち歩きのひよっこなんだから、相応の活動をしなさい」と厳しく言われました。

日本がアジアに対して行った戦争の傷は取り返しがつかず、またそのような国に住んで日々仕事をしていらっしゃる方々の思いもあるでしょう。

しかし、座長は、いつも、公演を見た子どもたちが、日本人が来てこんな楽しい舞台をプレゼントしてくれたということが子どもたちの心に残り、少しでも日本が好きになってもらえるようにと言っていました。

一九九九年にベラルーシで出会ったイザックさんの縁が、私たちにアルメニアとフィリピンを結びこのように紡がれました。

母との別れ

フィリピンから戻った私は、母のことが心配で、すぐに郡山に連絡をしました。

母は、一年前に乳ガンを発症して手術を受けましたが、次に脳に転移し、今では全身にガンが転移していました。母に残された日にちは少なくなっていました。それでも治ることを信じて、リハビリを続ける母は、病院の公衆電話から、私の携帯に、しばしば電話をかけてきました。

「今日は、公衆電話のところまで歩けたら、みいちゃんに電話をしようと思って頑張ったの」

「そう、すごいね。随分頑張ったね。えらいね。どんどん回復してるんだね。明日はもっと歩けるようになるかなあ」

私に電話をかけて褒めてもらうことを楽しみに、苦しいリハビリを続けている母でした。

フィリピンから戻り一段落した私は、年末に休みをもらい、母の看病に郡山に戻りました。

父の家は、郡山の一番賑やかな商店街で商売を営み、羽振りがいいように見えましたが、家族に複雑な事情がありました。片田舎の貧しい獣医の家から嫁いできた母ですが、辛くて何度も、出ていこうと思ったかしれないと言っていました。しかし、幼い私一人を、その家に置いて出ていくことができず、思いとどまったのです。私が肩身の狭い思いをしないように、小さい頃から、いつもきれいな服を着せて、また多くの習い事をさせ、家庭教師もつけて、何不自由なく育ててくれました。

「もうあと何日持つかわかりません」と主治医に言われた時、私は妹と交代で母の病室に泊まり込むようになりました。

母の入れ歯を洗い、顔を拭き、浮腫《むく》んだ足を揉んであげました。何日もお通じがなく苦しがっているので、お腹をさすり続けました。それも、母がこれまで私にしてくれたこと、注いでくれた愛情には到底及ばないと思いました。

十二月三十一日、四十六年前に母が私を生んでくれた日に、私はもうすぐ見送らなければならない母のベッドに付き添って、除夜の鐘を聞いていました。

痛み止めが入った麻酔が切れた時、母は私に最後の言葉を残しました。

「小さい時から頑張りやさんで、なんでも一生懸命やってしまうあなた、でもそれを達成した時に見せる無邪気な笑顔が大好きだった。あなたは本当に人の言うことをきかないのだから、これからもあなたの思うように、あなたらしくやってみなさい。一番にならなくてもいいじゃない。どんな時も恥じることはない。そして媚びないで。真っ直ぐに前を向いて進みなさい。あなたが帰る時を迎えたら、私が迎えに行くから、その時は素直に上ってきなさいね」

私は自分で劇団の生活を選んで、マネージャーという責任のある仕事をしている以上、劇団を長く留守にして、母に最後までつきっきりで看病をすることはできませんでした。

一月十五日に七十二歳で永眠した母に、私は、母の大好きだったえんじの山茶花の柄の着物をかけて見送りました。

二度めのベラルーシ公演と念願のアルメニア公演

二〇〇三年は、親しくおつきあいいただいた在日ベラルーシ大使のサポートで、五月に二度目のベラルーシ共和国公演を行い、続いて六月にはベラルーシ大使の通訳の方のご縁で、アルメニア共和国のヨーグルトの種菌の会社がスポンサーとなり、アルメニア公演を行うことができました。日本大使館がないアルメニアで行われた公演では、初めて会う日本人、初めて触れる日本文化に人々は大変喜んでくれました。

イザックさんと初めてアルメニアを訪れ、こんな遠いところで公演する日が来るのだろうかと感じた時から、たった三年しか経っていませんでした。

リトアニアやベトナムなど、視察に行っても予算が合わなかったり、様々な理由で、公演を行うまでに至らなかった国もあります。

ベトナムは、ハノイとホーチミンでの公演を視野に入れ、枯葉剤の障害児施設を見学し、ぜひこの子どもたちに公演を届けたいと思いましたが、ベトナム国内での公演費用が一千万円かかると言われ、諦めました。

国内外で、誰よりも座長と行動を共にし、多くの時間を過ごしていた私は、折にふれて、座長の話を聞き、物の見方や人様との接し方を教えていただいていました。

こうしたことが、私の海外での実践に大きく役立ちました。一人で解決しなければならない場面に遭遇した時に、その記憶を引き出し、私なりの対処法を実践していったのです。

実際の経験で感じた私の気づきが参考になるというので、自分の中で消化できた時に、劇団を訪れた皆さんによくお話したものでした。

二〇〇三年は、私がボランティア生活を始めてちょうど足かけ六年になろうとする年でした。

アルメニア公演後に現地の美しい女性ファンたちと。

次々と新しい出会いを重ね、劇団の海外公演は既に八か国を数えています。

しかし、私は、この生活に入った目的を、まだ、自分自身で完全に掴んでいるわけでもなく、ともすると日々の生活に流される毎日に、このままでいいのだろうかという焦りを感じていました。


七月中旬、例年のように北海道と劇団に保養滞在するベラルーシの子どもたちが、グリーンワールドのニコライさんの付き添いで日本にやってきました。

私にとっていつもと違ったのは、ニコライさんが、二回目のベラルーシ公演をサポートしてくれたエージェントのスタッフ、イーゴリーからの手紙とプレゼントを託されてきたことです。

小さな箱に入った緑色のビロードの蓋を開けると、そこには、小さなダイヤがいくつか埋め込まれたレトロなデザインの指輪が入っていたのです。

手紙には、私への気持ちが綴られていました。

しかし、二十四歳の彼と私には、二十二歳の年の差があります。彼は私を少し年上くらいだと勘違いしたのでしょう。

私は、ニコライさんが帰国する時に返事を託しました。

私を思ってくれるのは嬉しいけれど、年齢も違うし、文化も言葉も違う私たちの距離が近づくことは難しいと書きました。

子どもたちとバーベキュー。

1ヶ月間滞在した子どもたちの帰国を、空港で見送り。

遠いベラルーシから届いた指輪という特別な意味を持つプレゼントとラブレター、私は駆け引きなくストレートな気持ちを書き、思いきって指輪を送ってきた彼に心を動かされていました。

座長は若手メンバーたちに滞在するベラルーシの子どもたちのお世話を任せていました。責任をもって預かることで、親の愛情や忍耐力やいろいろなことを培ってほしいと思っていたのです。

私は、対外的な仕事に忙しく、子どもたちと密に接することはできず、時間がある時にお風呂に入れるお手伝いをするぐらいでしたが、子どもたちの可愛らしさは、心を和ませてくれました。

ある晩、一人の女の子が「ＭＩＮＥＫＯと一緒に寝るんだ」と自分の布団を私の部屋まで引っ張ってきたら、他の三人も、私も私もという騒ぎになってしまい、その内に男の子が、「こいつおねしょするんだよ」と言い出したので、枕投げ大会になってしまいました。この騒ぎは、とう座長の知るところとなり、決まった場所で寝起きする秩序ある生活をさせないと我儘になってしまうと、自分のお部屋で寝なさいと一喝されて、子どもたちは、また、すごすごと布団を引きずって部屋に戻っていったのです。

第十章　カンボジア公演　二〇〇三年　―人生をかけての挑戦　カンボジア―

カンボジアとの出会い

「カンボジアに多くの学校を作った素晴らしい人がいるよ」

劇団を訪れた方から話を聞き、その方の紹介で、真理子さんと初めて会ったのは、真理子さんが入院している千葉の病院の面会室でした。

ちょうどその日は九月の秋分の日で、座長と私は、おはぎをお土産に真理子さんの病室を訪れたのです。

カンボジアに多くの学校を作った方は一体どんな人なんだろうと、私はどきどきしながら、出会いの時を待っていました。六十歳に近い年齢と聞いていましたが、私たちの前に現れた大柄な真理子さんは、人を魅了する独特のエネルギーを感じさせる人でした。

私は、たった数日前に、乳ガンの手術を受けた病人とは思えない大陸的な明るいエネルギーを彼女に感じたのです。それは真理子さんが羽織った黒地に赤いボタンの刺繍が施されている、おそらくカンボジア製であろう華やかなシルクのガウンからも発せられていました。

真理子さんはとても病人とは思えない明るい笑顔で私たちを迎えてくれたのです。

私たちは会った瞬間から、言葉はいらずに、お互いに手を取り合ってしまうような気持ちがあふれるシンパシーを感じました。

真理子さんは長年の教員生活を経て、五十歳を過ぎてからトライアスロンを始め、トライアスロンシニアクラスで準優勝したことがあるという、強い精神力を持った方でした。

カンボジアの内戦の傷痕

初めての出会いから半年、まだ手術の傷跡も十分に癒えていない真理子さんの案内で、座長と私は、初めてカンボジアを訪れました。

映画「キリング・フィールド」にあるように、カンボジアは内戦につぐ内戦で同民族が殺しあうという悲惨な歴史を持っています。

教育者、芸術家、有識者は真っ先に虐殺の対象となったため、国の文化、教育を継承するものがまったくいなくなってしまったのです。その内戦のすさまじさは、今でもカンボジアのいたるところに痕跡を残し、内戦当時刑務所に使われていたという学校の建物では、収容者一人一人の

カンボジア視察で、現地の学校を訪れる。

写真が掲示され、しゃれこうべが山積みになっています。同胞に行われた拷問のむごたらしさを直視することはできません。

現在の国民の平均年齢は二十歳。私たちが会っている真理子さんの「カンボジアに学校を贈る会」ASACで働くスタッフをはじめとしたカンボジア人のほとんど全員が、この内戦で、親や兄弟、何人もの身内を亡くしているのです。そのような混沌としたカンボジアに学校をつくろうと、十年前から活動を始めた真理子さんの苦労は計り知れないものがあったでしょう。

今年はとうとう百の学校建設を数えるという真理子さんの活動は、建物を建てるだけで終わりではなく、教育者の育成、教科書の補充など、学校の運営にかかわるその後の支援も続けていたのです。

世界遺産アンコールワットで公演を

最初の訪問で、私たちはカンボジアという国を肌で感じると共に、公演実施につながる一つの種を蒔きました。

世界遺産のアンコールワットでなんとか公演がしたいという私たちに、フランス政府とカンボジア政府が毎年アンコールワット遺跡で合同公演を行っている、その公演に出演交渉してみてはどうかという一縷の望みが現れたのです。

一般的に、世界遺産のアンコールワット内での公演許可をとることは大変難しい状況です。また遺跡でなくても、アンコールワットのあるシェムリアップの町には劇場がなく、もし、野外舞台を作るとしたら、高額な費用がかかってしまうでしょう。私たちは、町のところどころにフランス領だった頃の面影を残すプノンペンの一角にある在カンボジアフランス文化省の事務所にアポイントを取り、訪れました。そして、ぜひその公演に出演させてほしいと申し入れたのです。

無謀であることは重々承知の上ですが、厳重に管理されているアンコールワットの中で公演を行うチャンスにかける価値はありました。

劇団の滞在者とロシア公演のきっかけ

十月に入って、劇団ではベラルーシから二人の滞在者を迎えていました。

一人は一九九九年の初めてのベラルーシ共和国公演の時に、荷物運びから照明までボランティアで手伝ってくれて以来の劇団ファンである画家のサーシャ。彼は滞在中、日本の風景を描きますが、座長は、日本で彼の個展を開いてあげたいと考えていました。そしてもう一人は、今年六月に一生懸命、公演を手伝ってくれたエージェントのイーゴリーです。七月に手紙をもらって、次はいつ会えるともわからない環境にいる私たちでしたが、再会する機会は早くに訪れました。座長の計らいで、私はイーゴリーを浅草やディズニーシーへ案内し、様々なことを語り合いました。

座長は彼らの誠意あるお手伝いへのお礼の気持ちで日本に招待したのです。

サーシャは三か月、イーゴリーは会社の休暇一か月の滞在です。

二度目のカンボジア

カンボジアのフランス文化省では、責任者が替わるということで時期を待っていましたが、音沙汰がなくあきらめかけていた頃、十月下旬、都内での公演を翌日に控えたリハーサル中に、プノンペンから連絡が入ったのです。

新しく着任したフランス文化省の責任者が「至急会いたい」と言っているというのです。思いがけない連絡ですが、すぐに来てほしいと言うからには、当然アンコールワットでの公演が可能かもしれないという大きな期待が湧き上がります。

二〇〇三年十月下旬、公演の翌日、土曜日の夕方の便で、慌ただしく、しかし希望を胸に、私は再びカンボジアへと飛び立ちました。

タイでトランジットしてプノンペンの空港に着いたのが日曜日の午前十一時半、近代的な空港のチェックを受けて外に出ますが、迎えの人は見当たりません。タクシーや車が行き交う通りに面してしばらく待っていると、ランドクルーザーに乗った見覚えのある顔、岡村さんが到着しました。真理子さんのご主人です。

「やあ、車が混んでいて遅れてしまいましたよ」

奥さんの真理子さんより小柄だけれど、顔いっぱいに誠実な人柄がにじみ出るような皺を刻んだ岡村さんは、短パンにTシャツというカンボジアスタイルで現れたのです。

空港から約二十分、岡村さんの車は行き交う多くのバイクとの接触を避けながら、大通りからガソリンスタンドを右折しました。

路地の突き当たりに二階建ての建物を借り切った「カンボジアに学校を贈る会」の事務所があります。入り口で靴を脱ぎ、ひんやりとしたタイルを感じて狭い事務所に入ると、懐かしいスタッフたちが迎えてくれます。

大学で建築を学びながら働いている丸顔のサッコン、すらっとした色白の日本人男性スタッフ、彼はカンボジアには長く、カンボジア人の恋人と暮らしているそうです。

そして、真理子さんが可愛がっている小柄なセーラは、「み・ね・こちゃん、よくき・た・ね」とたどたどしい日本語で再会を喜んでくれます。

セーラは二十一歳、内戦で親を亡くし、町で売られそうになっているところを真理子さんが助けたそうです。今は働きながら日本語学校に通っています。

そして、事務所の運転手さんの娘のピップが私のアシストをしてくれることになりました。ちょっと強面のお父さんとは全然似ていない可愛い大学生です。

事務所は一階の右側に三つのデスクが並び、左側に応接セットがあります。そこを抜けて突き当たりの奥が台所とバスルーム、そして中二階に岡村さんの事務所と寝泊まりできる部屋が一室あります。早速、一階の応接セットにメンバーが集まり、岡村さんを中心に、これからのスケジュールについての話し合いが行われました。

カンボジア公演の実施は二か月後の十二月初旬、これはフランス文化省のアンコールワット公演の日程を中心に組んだものです。今回予定しているのはプノンペン中心部の新しいチャンラ劇場での公演、そして真理子さんが学校を建てた二つの地方都市、カンポット、バティエイでの公演、そしてアンコールワットでの公演です。地方都市の準備は、真理子さんと「カンボジアに学校を贈る会」スタッフにコーディネートをお任せし、私はプノンペンとアンコールワットでの公演に集中します。

スタッフとの一通りの打ちあわせが終わると、私はホテルに向かいました。

予定外の渡航だったので、十二月の公演のためにできるだけ出費は控えなくてはならず、私は一泊十七ドルのダウンタウンのホテルに滞在することになりました。

同じような宿が軒を並べる裏通りを進むと、入り口に招き猫が腕を上下に動かして一生懸命集客をしている宿に到着しました。ここは、中国人の一家が経営していて、小さなロビーの正面には、中国の神棚が飾られています。

私の部屋は階段を上り継いだ4F、お風呂は小さな湯沸かし器のシャワーがついているだけで、ぼろぼろのラバーマットを敷いて使うようになっています。それでもチェルノブイリの放射能汚染地の村々のホテルと放射能を含んだシャワーを思うと、ここでは水に放射能は入っていま

2度目のカンボジア、1泊17ドルのホテル玄関にて。

せん。

ベッドには、洗いざらしを通りこして、生地がすり切れて透けるほど使い古したシーツとカバーがかけてあります。

唯一の贅沢は窓から入ってくる心地良い風と、そこから五百メートルくらい先にあるビルの壁に描かれた国王夫妻の大きな肖像でした。私は近くの近代的なスーパーマーケットにでかけ、飲み物や朝食のための多少の食料を買い込みました。日本から持ってきたお香を部屋に炷きしめると、この簡素な下町の部屋がカンボジアでの私の唯一の住まいになったのです。

翌月曜日に早速、憧れのアンコールワットで公演ができるという期待に胸を膨らませて、今回の目的である在カンボジアフランス文化省の代表との会見のために事務所に向かいました。

ところが椅子に座るか座らないかのうちに、新代表に告げられたのは「アンコールワット公演への出演はできない」ということでした。

それでは、「一体どうして私を呼んだのだろう。すぐきてほしいと。わざわざ日本から、なんのために」と、頭の中を理解できない疑問が駆け巡りだしました。

率直に尋ねた私に、さすがに代表は驚きました。きっと私をカンボジアにいる人間だと思っていたのでしょう。それでもこの回答が覆ることはありません。

勿論、最初から、あくまでこちらの一方的なお願いではありました。

私たちは時間をとっていただいたお礼とともに、程なく事務所を退出しました。

アンコールワット公演の可能性へ向かって

一日の仕事を終えて宿へ戻ると、でこぼこした道端に七輪が置かれ、何か炒めものや焼きものが始まっています。その香ばしい煙が追いかけてくると、つい誘惑に誘われそうになりますが、今ここで慣れないものを食べて、もしお腹を壊したら大変と、足早にその傍を通りすぎ、大通りを渡ったところにある長崎屋へと向かいます。

長崎屋は、前回初めてカンボジアにきた時に真理子さんから紹介していただいた三坂さんが経営する日本食堂です。三坂さんは、九州の製鉄会社から始まってアジアの各地で建設業に携わってきた方ですが、今は食堂を切り盛りするタイ人の奥さんとインターナショナルスクールに通う十二歳の息子さんと共にプノンペンに住み、土木事業を請け負っています。

フランス文化省に出演を断られた私は、その日の夕方、落胆しきって長崎屋のドアを開けました。店に入ると、痛風をわずらっている三坂さんがサラダと蕎麦の夕食を食べていました。

三坂さんにアンコールワットでの公演の望みがなくなった旨を話すと、今回はこのためだけにカンボジアにやってきただけに本当に残念で、でもどうすることもできない思いでいっぱいになりました。三坂さんは建築屋さんなので、野外舞台を作ったらどうか、他に方法はないかなどといろいろと話していましたが、三坂さんは、ふとあることを思いつきました。

「菊池さん、これはもしかしたらという話だけど、実はカンボジアには子どもたちを助けるために無料診療しているというスイス人のお医者さんがいるんだよ。カンボジアの国内に三つの病院を建ててとても有名な人なんだけど、その人がアンコールワットで病院の敷地に劇場を建てているんだ。先生は週末にその劇場でチェロの演奏会をして、観光客から寄付金を集めているんだよ。私も一度その演奏会に行ったことがあるけど、それは立派な劇場だよ。私は、もし、菊池さんたちの劇団がシェムリアップで公演をするとしたら、あの劇場しかないと思うんだ。菊池さん、明日の飛行機のチケットを変更してアンコールワットに行ってみないか。勿論、絶対できるという保証も何もない。先生に会えるかどうかもわからないけど、どうだろうか」

と思いもかけない提案をしてきたのでした。

フランス文化省代表に会う目的で来た私は、トンボ帰りする日程でチケットを取っていました。大変確率の低い、なんの当てもない三坂さんの提案、でも私は、その時、そこに何か理屈では説明できない熱い思いを感じたのでした。

きっと三坂さんも、何かを感じていたのでしょう。三坂さんの提案を実行しようと、私は、日本に国際電話をかけました。座長に状況を説明し、ぜひアンコールワットの町、シェムリアップに行って、その先生にお願いしたいと話しました。これを実行するためにはアンコールワット往復の飛行機代、そして滞在のホテル代、経費と、さらに予定外の出費がかさむからです。

カンボジアの子どもを救うリッチナー先生

困難に直面した時、そこであきらめるか、あきらめないか、本当にやり遂げようという熱意があるのかが扉を開く鍵だということを、カンボジア公演が終わってから、私は感じました。勿論この時点ではそのようなことは知る由もありませんが、座長の了承をとった私は、三坂さんの導きで、このシェムリアップ劇場交渉へと踏み出したのです。

この時、三坂さんは、ちょうど、シェムリアップでの工事を請け負っており、現地に事務所兼住居を持っていました。

フランス文化省から出演を断られた翌日の火曜日、私は三坂さんとともにアンコールワットのあるシェムリアップ空港に降り立ちました。

ビート・リッチナー先生が、十数年前に子どもたちを救う活動を立ち上げようとした時は、カンボジアに病院は必要ないと、賛同者はほとんどいなかったそうです。それが今ではカンタポッパ財団を設立し、世界から年間四億円の寄付を集めるようになり、先生が設立した三つの病院で、カンボジアの子どもたちを無料診療するようになったそうです。もしこの病院がなければ、どれだけの子どもたちの命が失われただろうと言われています。

私は三坂さんのスタッフの迎えの車に乗り込み、空港から直接、リッチナー先生の病院に向かいました。空港からの道筋には、世界からアンコールワットに押し寄せる観光客のためのホテル建設ラッシュが続いています。

十五分くらい車を走らせると、競技場を過ぎ、出店が立ち並ぶ砂ぼこりの道の向こうに病院が見えてきました。まず、最初に目に飛び込んでくるのが仏像の頭部のシンボリックな彫刻です。

それは、貧しい子どもたちを助ける病院のイメージとはかけ離れたモダンな印象ですが、世界遺産アンコールワットの町にはふさわしい建物でした。

車を降りた私たちは、何人かのガードマンがいる詰め所に行って事情を説明しました。

そうこうしているうちに、先生の秘書だという女性がでてきてくれました。しかし彼女は、「先生は、どなたともお会いしません。先生は今日どこにいるかわかりません。連絡もつきません」と、まさに取りつく島もないという対応だったのです。

三つの病院を運営するだけでも大変なのに、どこの誰かもわからない人間にいちいち取り合っている時間などないのは当然です。

三坂さんは、「菊池さん、仕様がないよ。予想した通りだからね。アポなしなんだし、紹介もないしね。とにかく、土曜日には、先生がここにやってきて、先生の劇場でチェロの演奏会をすることはわかっているんだから、その時まで待とう。そうすれば、先生にきっと話ができるよ」。

土曜日まで!!!　今日は火曜日、何と長い時間でしょう。

アンコールワットの町で公演ができるかどうかという私の最重大事なのに、土曜日まで待たないとなんの手がかりも得られないなんて。また、たとえ土曜日まで待ったとしても、先生に承諾してもらえるかどうかの見通しは皆無です。

三坂さんに夕食をご馳走してもらってホテルに戻ったものの、焦りと不安が私を襲ってきました。このホテル代だって、一泊三十五ドルかかります。三坂さんは「アンコールワットでも見物して土曜日まで待ちなさい」と言ったけれど、今、劇場を決めることだけが目的である私には、のんびりと観光するなど、拷問に匹敵するようなことでした。火曜から土曜日まで待つということは、私には果てしない時間のように感じられたのでした。

一晩考えた挙句、私は朝一番で三坂さんに電話をしました。

「ただ待っているよりは、今日、もう一度病院に行ってお願いしてみたいんですけど。一緒に行っていただけませんか？」

これまでの人生の中で、本当に堪《こら》え性のない生き方をしてきた私ですが、今回も懲りずに三坂さんにこう言いました。

すると三坂さんは、「昨日だって門前払いだったじゃないか。今日行ったって、また同じだよ。土曜日の演奏会の後には先生と会えるよ。どうしても行きたいんだったら、一人で行きなさい。私も忙しいんだから一緒には行けませんよ」。

「わかりました。ご迷惑はおかけしません。一人で行きます」

私は、言ったからには自分でやるんだと自分に言い聞かせ、これをばねにして行動に出ようとしていました。

「人の言うことを全然聞かない」といつも母が嘆いていたのも道理です。

忙しい中、三坂さんは精一杯協力しようとしてくれている。この道筋をつけてくれただけでもありがたいことです。その上で自分がしたいことは自分で責任を持ってするべきだと、もう一度自分に言い聞かせ、私は思い切るように出かける支度をしてホテルの外に出ました。

劇場前に座り込みの覚悟で

カンボジア人の一般的な月収が都市部で約二、三十ドルという中で、外国人の私は、ここでは絶対お金を持っている人間です。少し前に客室乗務員が殺されたという大変物騒なニュースも耳にしているカンボジアで、私はこれまで一人で出歩いたことはありませんでした。

しかし、私は、何か行動を起こさなければという強い気持ちに背中を押されるように、シェムリアップの灼熱の太陽に照らされ、砂煙が舞いあがる道路に一歩踏み出したのでした。

十歳くらいの少年が運転する幌付きイスのついたバイクタクシーを見つけると、急いで呼び寄せ、行き先の病院の写真を見せました。彼らには英語が通じないのです。

後でよく考えてみるとホテルでタクシーを呼んでもらえばよかったのですが、その時は気持ちがとても高ぶっていたので、何故か安いバイクタクシーで行くものだと思い込んでいました。それ以外の考えが浮かばなかったのです。

そして少年に、私を待って、帰りもここに連れて帰ってほしいと身振り手振りで説明して、大変原始的な商談は成立したのです。

このホテルから一歩踏み出した瞬間が、私が、自分で決めて、勇気を持って、自分の足で前に進んだ記念すべき瞬間でした。そしてその先には、驚くような結末が待っていたのです。

少年のバイクタクシーに乗った私は、無我夢中でした。気がついた時には、昨日のガードマンの詰め所のところまで来ていました。

ガードマンたちは、顔見知りが来たとばかりに「やあ、また来たの」と、気さくに話しかけてくれました。すると、直ぐに院長先生の秘書に連絡をしてくれたようで、先生の秘書がガードマンの詰め所まで小走りに駆けつけてきました。

彼女は私の顔を見るなり、「また来たの、一人で？　あぶないじゃないの」。

私を心配する彼女の言葉に一瞬胸を詰まらせながらも、私は「ごめんなさい。どうしても先生にお会いしたいんです。でも気にしないで、先生がもし今日こちらの病院にいらっしゃるような ら、診療が終わるまでここで待っているから。先生の診療が終わった時に、少し時間をいただけたらありがたいんです。おじゃまにならないようにするから、どうかここで待たせてほしいの」。

先生は、今日、ここにいないかもしれませんが、私にとっては、ホテルで土曜日まで待つ気の遠くなるような時間よりは、わずかな可能性でも、先生に少しでも近いここで待っているほうがどれだけ幸せでしょう。

ここにいて、先生に会うチャンスを待ち、そしてこの劇場を借りるしか、シェムリアップでの公演の可能性はないのです。

そんな私を気の毒に思ったのでしょう。院長先生の秘書は、「明日だったら、先生の時間を取ってあげられるかもしれない、私がなんとかしてあげるから、明日はどう？」。

申し訳ないけれど、明日のことは誰もわからないというのが、私の気持ちでした。

彼女を信じないわけではないけれど、約束してくれてもいつ何が起こるかは誰にもわからない、もし会えなかったら、話はおじゃんです。すべての責任は自分にあるのですから、私は、ここまできたら、自分ができることしか信じることはできないと直感していました。

「ごめんなさい。迷惑はかけないから、ここで待たせてください。邪魔しないようにしますから、もし、今日先生に会えなくても、また明日来ます」

勿論、カンボジア中に三つの病院を持つ先生が、今日このシェムリアップにいる確率はとても低いのです。

まさに、彼女と私がそんなやりとりをしている最中、彼女の肩越しに、私の目は、廊下を歩いてくるリッチナー先生の颯爽とした白衣の姿を捕らえました。

プノンペンからシェムリアップに来る時、機内誌で見たリッチナー先生が、現実に私の目の前に現れたのです。突然の先生の登場に、驚きと嬉しさと張り詰めていた緊張感が一気に解かれ、私の眼には、見る見るうちに涙があふれ、とうとう、先生が近づいてくる姿が、ぼやけて見えなくなってしまいました。ブルーのYシャツを着て、廊下を颯爽と近づいてくる先生の白衣が翻る

アンコールワットの町での公演の救い主となったリッチナー先生と。

のが、私には、まるでスーパーマンのマントのようにも見えました。

リッチナー先生との約束

リッチナー先生の大きな手を握り締めた私は「I am glad to see you.」。鼻水をこらえやっと一言。先生が忙しい中、この騒ぎを聞きつけて会いに来てくださったのだから、今から通訳を呼び、お待たせするわけにもいきません。

私のかなりブロークンの英語でのお許しをいただいて、話が始まりました。

私はまず、世界中、肌身離さず持ち歩いているコンパクトDVDを広げ、劇団の公演ハイライト映像を見せながらこれまでの活動を説明しました。先生の脇で男性二人のアシスタントも熱心に話を聞いています。それで、この劇場を貸してほしいということをお願いし、また先生の病院の子どもたちもぜひ招待したいことも話しました。

興奮しながらもおぼつかない英語で、熱意だけは伝わったかと思える頃、先生が言いました。

「君に私の劇場を貸してあげよう。しかし劇場費はいただくがよろしいかな？」

「勿論です。お金はお支払いします」

劇場を貸していただければ、アンコールワットの地で公演ができるのですから、私は、本当に天にも昇るような気持ちでいっぱいでした。劇場費をお支払いするのは当たり前のことです。

それからは、先生自ら、一時間ほどかけて劇場をくまなく案内してくださいました。舞台袖から音響、照明室、「この劇場は音楽コンサート用だから照明が少なくて大丈夫なのか」と心配してくださり、そして楽屋となる部屋には、「君たちが到着するまでにカーテンを取りつけておくよ」と、本当にすみずみまで親身に心配してくれました。

「これからの連絡は彼（秘書）にしなさい。君たちの公演が成功するよう、全面的に協力してあげるよ」と先生は言ってくださいました。

そして先生は、最後の最後、私をガードマン詰め所のある外まで見送ってくれた時に、おっしゃいました。

「君から、劇場費はいらないよ。君たちは子どもたちのためにするのだから」と。

劇場費を無料にしていただけるなんて、予想もしていませんでした。

先生は、向こう見ずに押しかけてきた私に、誠実に対応してくださった上に劇場を無料にしてくださったのです。本当に驚いたのと同時に、なんとお礼を言っていいかわかりませんでした。

そして先生は最後まで「本当に一人で帰れるか」と私を心配してくれました。

大柄な身体で、一見したらとても厳しそうな方ですが、黒ぶちの眼鏡の奥に光る眼に、多くの子どもたちを救う使命を宿し、それを実行されている偉大な方です。

なかなか戻ってこない私を心配していたのは、むしろバイクタクシーの少年でした。私を見つけ、ほっとした少年の笑顔に迎えられ、私はホテルへと急いだのです。

往復四ドルのツアー、行く前と今では天と地程の差があったのです。

ホテルのドアを開けるのも待ちきれずに、勿論、私は、すぐに受話器を手にし、三坂さんに電話をしました。

「先生に会えましたよ。劇場を貸してくださるって。お金は要らないって」

三坂さんはすごく驚いて、そして喜んでくれました。

「ホーッ、やったね。菊池さん、よかったね。すごいね。お祝いしよう。すぐにホテルに迎えに行くよ。今日は仕事はおしまいだ」

プノンペンで、「三坂さんは、ここでは顔が広い方だけど、決して自分の利益になることでしか動かない人だよ」、そんな評判を聞いていたけど、そんなことはないじゃない。

三坂さんの提案に希望を託し、帰りの飛行機を変更して、アンコールワットにやってきて今日がある。三坂さんは、この成果を誰よりも喜んでくれたのです。仕事を切り上げてホテルにやってきた三坂さんと固い握手をして、三坂さん行きつけの町の中華レストランに向かいました。

三坂さんは、「ところで、どうして、菊池さんは、このような、ボランティアの生活をしているのか、僕にはよくわからないんだけど。器量もいいんだし、結婚もしないで、どうして好き好んでこんなことをしているの？」。

私は笑いながら答えました。

「そうですよね。三坂さんから見たら、ちょっと変わっているかも。でも、以前の私だったら、三坂さんは助けてあげようとか、何かしてあげようとか、これっぽっちも思わなかったかもしれませんよ。私は、自分に自信がある結構傲慢な人間でしたから。三坂さんのような人生経験を積んだご長老が、私にこのように接してくださるなんてありがたいです」

「えーっ、菊池さんがそんな感じの悪い人だったなんて、全然思えないけど」

「ははは、人間、本質的なことはなかなか変われないかもしれないけど、じゃあ、私も少しは頑張った甲斐があったのかもしれません。こういうことを通して、世界を見ることができて、いろいろな人と出会えて、私に必要な教育を受けたと思えば、すごく得した気分です。普通に生きていたら、なかなか経験できないことばかりでしょう。こうして、三坂さんと出会えたことも、なんだかとっても素敵じゃないですか」

この公演準備の様々な出来事を通して、年齢も違い今までまったく別の世界で生きてきた三坂さんと私に、心の交流が育ってきました。

私は土曜日を待たずして劇場の予約を果たし、アンコールワット公演実施というニュースを持って、木曜日に帰国することになったのです。イーゴリーへのお土産、アンコールワットの銀のブレスレットを持って。

私が日本に戻ってから数日後、一か月の日本滞在を終えて、イーゴリーがベラルーシに戻る日がきました。座長は、ロシアではお年寄りたちが、わずかな年金で大変困難な生活状況にあるということを聞いていたので、イーゴリーに、ロシアのお年寄りたちを励ます公演ができないだろうかと相談しました。イーゴリーは、彼の友人が働いているロシアに本社があるミンスクのエージェントに働きかけてみると、劇団の映像や資料を持って帰国したのです。

公演直前の準備（三回目のカンボジア）

プノンペンでは、病気が再発する心配がある真理子さんに代わって　ご主人の岡村さんが公演の準備を担当してくださっていると聞いていましたが、私が帰国してから、準備があまり進んでいないのではという心配がでてきました。

というのも、「カンボジアに学校を贈る会」では、公演とほぼ同時期に行われる百校目の開校式に、カンボジアの大臣、日本の企業スポンサーが出席するため、そちらの準備でおおわらわの状態だったからです。少ないスタッフで、政府関係のゲストを迎えた大々的な行事を行うのですから無理もありません。

劇団の公演は、できるだけ誰も行かない国、地域で行われるため、現地には正式なエージェントもなく、公演の準備を地元の協力者と自分たちの手で行わなければならないわけです。

しかし、劇団の公演と一口に言っても、初めての方にとっては、経験がないと何をどう準備していいか、皆目検討がつかないのは当然です。

アジアの人が受け入れ側として動いてくださる場合は、現地の民族衣装のドレスを何着か簡単に着替えて、少しの準備で踊れる公演と同じと思われがちで、その時点で相当食い違いがでます。

白塗りの化粧に何枚も重ねた着物の衣装というのを実際に見たことがないのですから、まったく想像もつかないのは当たり前のことです。大抵、公演が終わってから、準備がとても大切だからこそ、喜んでもらえる公演が届けられるとわかってもらえるのです。

しかし、ほとんどがそのような状態なので、心配していたように、カンボジアでもやはり私が先乗りして、最後の準備をしなければ、公演の実施がおぼつかない状態になってきました。

今回のカンボジア公演のメンバーはボランティアを含めて約三十人、新しくプロの舞台監督にも参加いただいて、演出の打ち合わせを進めていました。予定した公演開始まであと二週間、座長と座員たちはステージの練習と準備、また新しい演目の衣装の縫製に大忙しです。

このカンボジア公演をなんとしても成功させるために、私は現地の最終準備に単身カンボジアへ出発することになりました。

私が出発する前日、劇団はいつものように来客を迎えていました。

日頃から劇団の活動を応援してくださっているその方は、「カンボジアは、かなり治安が悪くて危ないと聞いているけど、そんなところにみねちゃん一人で行かせて大丈夫なの?」と言いました。

すると座長は、「いいのよ。この子、カンボジアで何かあって死んでもいいと思って行くんだから」と。

その言葉に一番驚いたのは、他でもない私でした。私は、死んでもいいかどうかまでは考えてはいなかったからです。しかしよくよく考えてみれば、両親も既に亡くなり、夫も子どももいない私がもし死んでも、誰かをすごく悲しませたり、迷惑をかけることはないでしょう。ボランティア生活を選んで早や五年目を迎えようとしていた私は、自分のやりたいことを精一杯やって、もし死んでも後悔しないのではないかと思えました。そして、私は、かなり困難な状況ではあるけれど、これは、私に与えられたチャンスだと感じていました。

この危機を一転チャンスにしよう、このカンボジア公演を成功に導くことに、自分をかけてみようと心を決めたのです。

プノンペンでの準備

そんな気持ちを持って、私は公演まであと二週間という十一月末に、三度目のプノンペンに降り立ちました。宿は前回泊まった十七ドルの安宿、しかし今回は前回の部屋が塞がっていて、一晩だけ窓がまったくない部屋に泊まることになりました。この時だけは、部屋の異様な雰囲気が怖くて一晩中眠ることができませんでした。

しかし、思い返せば八年前、生まれて初めてのボランティアをカルカッタで行うために訪れた時は立派なホテルに泊まり、大きな貸切バスで貧民街に通っていました。それは、私たちとマザーたちのとてつもなくかけ離れた境遇、心の距離でもありました。その当時には、たった一人で、カンボジアで活動する日が来ることなど、想像もできませんでした。ですから、あの出発点から始まり、今に至っていることをありがたく思いました。

久しぶりに「カンボジアに学校を贈る会」の事務所に顔を出すと、みんな忙しそうに仕事をしていました。今回もピップがフォローをしてくれます。

私がこれから早急にしなければいけないことは、プノンペン、シェムリアップにおいて公演を実施、成功させるためのすべてのことです。劇場の交渉、音響照明の契約、ポスター・チケット製作、集客、ホテルへの交渉、バスの手配、地方公演の準備、食事の手配、マスコミへのコンタクトと二週間めいっぱい動かなければなりません。

一番重要なのは集客です。カンボジアの恵まれない子どもたちに、照明、設備の整った劇場で、美しく楽しい舞台を見せることが公演の目的です。

私は日本人スタッフに相談して、まずプノンペン市内にある孤児院のリストを手に入れ、予めピップに予約を入れてもらった孤児院を訪問するために、小柄なピップが通勤用に使っている五十ccバイクの後ろのシートにまたがり出発します。

大変交通量が多いプノンペン市内ですが、日本のように交通ルールが整っていません。大柄な私が小さいピップの背中につかまり、暑い日差しに照らされながら、身を細める思いで、からだすれすれに車やバイクが行き交う往来の中を縫って走ります。

私は招待する子どもたちがいるところを探して、毎日、足を運び交渉しました。

熱帯の照りつける砂埃の中、住所を頼りに孤児院を探し当てて、ドアを開けたスタッフの顔を見た時はほっとします。フランスの植民地だったカンボジアでは未だにフランスの影響が残っており、フランス人が経営し、フランス人スタッフが働く大きな孤児院もありました。

手書きのリストに公演日と時間を書き込み、徐々に、招待する孤児たちの人数を入れていきました。

市の中央にある新しいチャンラ劇場を予約していましたが、正式な契約と具体的な打ち合わせをする必要がありました。カンボジアのようなアジアの国では、最初の話とくい違うことが往々にしてあるので、準備の段階で契約内容など気をつけなければなりません。勿論、様々な値段交渉もでてきます。

滞在ホテル、移動バス、食事は、劇団員の体調管理のために最も大切なことです。この日は、移動用のバスを実際に事務所の近くまで持ってきてもらい点検しました。長時間、深夜移動するので、ゆったりしたバスが必要です。カンボジアにあるバスは、日本ではとうに廃車になっているような古いバスではありますが、その中でも、できるだけいいものをと一つ一つ点検していきます。

また、疲れてくると脂っこいものは体が受けつけなくなるので、食事の選択も重要です。アジアでは脂っこい中華料理や辛い料理が多いので、日本食があるところは極力日本食を手配します。公演終了後に深夜大人数で食事ができるレストランの予約も必要です。

ハードな公演をこなす団員の健康を維持するために、熱いシャワーが出るホテルを探さなくてはなりません。白塗りの化粧を落とすため、翌日に疲れを残さないよう、全身にメンソレチールを塗って筋肉疲労を回復させる習慣があるため、熱いお湯は必要です。

ホテルは実際に訪れて、何度もバスタブのシャワーをひねりお湯の熱さを確認します。アジアではバスタブにお湯を張って風呂に入る習慣がないため、熱いお湯が出ないホテルが多いのです。公演後の深夜にメンバーが一斉にお湯を出すと、給湯システムのキャパシティを超えてしまい、熱いお湯が供給できなくなることが多々あるため、要注意です。

ポスターは、タイやミャンマーの文字に似た模様のカンボジアの言葉になるので、私にはさっぱりわかりません。日本から元になるデータを入れて持ってきたのですが、編集ができずに、途中ちょっとお手上げ状態になりました。苦労しながらもピップに訳してもらって、なんとか見栄えのするデザインに注文します。

するとセーラが「みねこちゃん、私が行ってくるよ」と、自転車でひとっ走りコピー屋さんに持ち込んでくれます。

日本では、なんの労力もいらないこと、コピー一枚取るような簡単なことでも、アジアのカンボジアのような国では大変な手間がかかります。それでもプノンペンは観光客が多いので、インターネットカフェなども町に多くあり、近代的なほうでしょう。

私は十七ドルのホテルから毎日出かけては、何かしら公演に役立つねたを見つけ、少しずつながらも公演の準備が進んでいきました。

しかし、自分で考え、手探りで行動していくような毎日は、張り詰めた綱の上を渡っているような緊張の連続で、精神的な負担は大きかったと言えるでしょう。そんな私の唯一のご褒美は、一日の仕事を終えるとインターネットカフェに飛び込み、イーゴリーからのメールを読むことでした。一日の仕事がうまくいった時も、あまりうまくいかず落ち込んでいる時も、彼のメールを読み、メールを書くことが、唯一私を癒して励ましてくれる時間だったのです。彼は、どんな時も一歩も引かない私の性格を知っていましたから、ただ危ない目に遭わないようにといつも心配していました。

いつ何が起きるかわからないような状況であるだけに、そういう気持ちが遠い距離を飛び越えてクリアに伝わり、また、その気持ちが私を守っているように思えました。

ある時、体力的に疲れ、誰にも頼れないプレッシャーにどうしようもなく落ち込んだ私は、どうしてもイーゴリーの声が聞きたいと思いました。

私は人通りの少ない路地に海外に電話をかけられる場所を探しあてて、ベラルーシのイーゴリーに電話をかけようと、国際番号を試行錯誤しました。それでもかけ方がわからず、何度も何度も失敗し、やっとつながりましたが、言葉の通じない彼のおばあちゃんと通じない言葉を交わすだけでした。おばあちゃんは、ＭＩＮＥＫＯから電話が来たことは伝えてくれました。

ある日の夕方、私は常宿のホテルの隣にあるインターネットカフェで、顔なじみになった受付の少年と話をしていました。

「私たちは子どもたちを招待して、チャンラ劇場でとっても楽しい公演をするのよ。だからここにもポスターを貼ってもいいかしら？　よかったら友だちを誘ってみんなで見に来てね」と説明しながら親しく話をしていた時です。

奥に座ってパソコンを叩いていた金髪の女性が、私の目の前に飛び出してきました。

「あなたはなんて素晴らしいの、あなた自身から素晴らしいオーラがでてるわよ」と感動に満ちて、私を今にも抱きしめんばかりです。それはフランス人で国際コミュニケーション学の教授、パメラとの、まるで映画のワンシーンのような出会いでした。パメラはその行動が示すようにとてもフレンドリーで、温かい人です。

私たちはすぐに意気投合して、翌日のディナーでの再会を約束したのでした。パメラの友人は、ジャーナリストだったり、お坊さんだったり、女性活動家だったり、国際コミュニケーション学にふさわしい幅広い交友関係でした。パメラは、一人でカンボジアに滞在する私をいろいろな人に引き合わせ、かつ、励ましてくれたのです。

シェムリアップでの公演準備

プノンペンでの準備、集客が一段落したので、私はシェムリアップの公演準備に向かうことにしました。プノンペンから飛行機で約一時間。世界遺産のアンコールワットを目指す観光客で賑わう町シェムリアップ。三坂さんはこの町の道路建設工事に携わっているため、月の大半をシェムリアップの事務所兼住居に滞在しています。しかし今は、三坂さんは仕事でタイにでかけているため、シェムリアップに私の知り合いは一人もいません。

私は身の回りのものを入れた、いつも世界中持ち歩く黒いキャリーバッグだけを持って、一人で空港に降り立ちました。勿論、誰も迎えの人はいません。簡易な設備の空港の周りに広がるシェムリアップの土地に目をやりながら、私は途方にくれていました。公演当日の進行についてはリッチナー先生のスタッフが手伝ってくれるものの、一番大事な集客や準備等、やることが山積みなのに、助けてくれる人は誰もいないし、なんの情報もないのです。ところがまもなく、格好の客である私に向かって、空港に待機していたタクシードライバーたちが一塊になって群がり、荷物の奪い合いになりました。私は荷物を取られないように必死に抵抗することで精一杯です。空港のガードマンが中に入って、やっとキャリーバッグを取り返してはくれたものの、シェムリアップの思いがけない出だしに心細くなった私は、珍しくつい涙ぐんでしまいました。

私は空港のガードマンに安全なタクシーを選んでもらい、まずは前回滞在したパンダホテルへと向かったのです。行く途中、太っちょの運転手さんと話すと、明るくて良さそうな人だったので、シェムリアップでの準備のために、値段交渉をして一日二十ドルで借り切ることにしました。二十ドルの料金は、私にとっては痛い出費ですが、シェムリアップについてまったく知識がないのと、町が大きいので、距離的なことを考えても、バイクタクシーで移動するのは無理だったのです。また、この町では、英語はほとんど通じないので、彼が通訳兼、ガイドの役割も果たすことになりました。

例えば照明を借りたいと相談すると、彼が友人と連絡を取り合い見つけ出してくれます。ところが、照明があると言われ連れていかれた場所は、アンコールワットの遺跡の石像がごろごろと、そこらじゅうに置いてある場所でした。本当にここに照明があるんだろうかと訝る私が案内されたのは、敷地内にある廃屋のような建物の2F。鍵を開けて入った埃だらけの倉庫には、ガラクタのように積み重なっている照明がありました。本当に使えるのか半信半疑でしたが、取りあえずなんとか使えそうな照明を選んで予約を入れたのでした。

私は三坂さんがタイから戻ったのを知り、準備の合間に事務所を訪ねました。その頃の私は一人で考え、動き、なんでも決めていたので、今の状況を三坂さんに聞いてもらうだけで何か心の整理がつくような、ほっとした気持ちになったのです。

中二階にある三坂さんの部屋でお茶をいただいていた時です。三坂さんが、私にこんなことを言いました。

「菊池さん、私は高校を卒業してから建設会社に入り、それからはアジアの各地でダムやいろいろな建設に携わってきた。この道一筋で生きてきたんだけれど、菊池さんの捨て身の生き方を見ていると、がむしゃらに生きてきただけの私の人生はこれでよかったのかなと、思うんだよ。これで本当によかったんだろうか？　菊池さん、教えてくれないか」

私は驚きました。人生の酸いも甘いもかみ分け、表も裏も見てきたご長老が、私のようなものにどうしてこんなことを聞くのだろう。三坂さんは、国の補助金をもらって地元カンボジア人に下請けの危険な仕事をさせて儲ける日本の大手建設会社は許せないと憤っている気骨のある方です。


三坂さんがそう私に聞いてきた時、私は私なりに考え、精一杯答えました。

その生き方に尊敬を込めて、投げかけられた質問に一言一言かみ締めて答えました。

「こうやって建設現場で下働きする人々を守って、アジアの発展に貢献する土木工事に一生を捧げて生きてきた三坂さんの生き方は素晴らしいじゃないですか。三坂さんの建設したものはアジアに息づいていますよ。男として本当に素晴らしい生き方だと私は思いますよ」

「そうか、あんたにそう言ってもらえると安心した」

三坂さんは嬉しそうに言ってくれたのです。

シェムリアップでの準備は、毎日少しずつですが、進んでいきました。

三坂さんは日程がつまった工事の仕事を抱えているので、私の話を聞いてくれても、特に何か手伝ってくれるわけではありません。それでも、ここで自分で考え、自分で決めていかなくてはいけない私には、話をする相手がいるだけで随分ありがたかったのです。

私は運転手さんに地元のことを聞きながら行動する毎日で、その中で新しい発見があり、そのつながりから次が展開するという感じでした。

ある時は、山奥にある孤児院クルサー・リッリェイを探して辿り着いた時は、そこでボランティアをしている日本人の青年と出会い、彼に公演の通訳の手伝いをお願いすることができました。また、貧しい地区でお粥を施しているキリスト教の支部の方々にお会いしたり、とにかく運転手さんと一緒にシェムリアップ中を住所を頼りに訪ね回る毎日でした。

ポスターを修正してコピーするのも、シェムリアップでは安易な仕事でありません。頼んだ店であまりに出来が悪いので断って隣の店に入ったら、出入り口が別なのに中は一緒の店だったという笑い話のような出来事がありました。

コピーしたりコンピューターデザインができる店はシェムリアップで一軒しかなかったのです。ですから上手、下手とかは問題ではなく、なんとか説得して、頭をさげてお願いしてやってもらうという根気の要る作業が必要でした。なんでも簡単にできる日本では考えられないことですが、こういった一見なんでもないように見える一つ一つが、公演にたどりつく大切な準備なのです。

リッチナー先生の劇場では、先生の指示でフランス人の劇場ディレクターがついて、こちらの要望をなんでも聞いてくれました。飛行機の都合で、荷物の搬出を早朝にしたいという希望も快く受けてくれたのです。

シェムリアップで一番心配だったのは集客でした。劇場が立派過ぎて、貧しい人々が気後れして入れないのではないかということ、また、ここで公演があることが周知されないのではないかということも心配です。劇場周りは人通りが多いですが、ポスターは直前しか貼れないと言われ、町の各所にポスターを貼って歩きましたが、何せ町全体が広い上に毎日スコールが降りますから、外にはポスターを貼ることができません。

シェムリアップには日本語学校がいくつかあったので、そちらも訪問しました。最初にシェムリアップで一番規模が大きい山本日本語学校を訪れ、次に一二三日本語学校を紹介してもらいました。山本日本語学校の校長先生が一二三先生に電話をしてくれたところ、一二三先生はびっしり授業が入っていて、食事をする時しかフリーの時間はないというので、私は授業の邪魔にならない夜八時頃に伺うことになりました。

住所を頼りに例の運転手さんと訪ねますが、外灯がなく、あたり一面真っ暗なため、なかなかその家が見つかりません。近所で聞き込みをしてようやくそれらしい家に辿り着き、一階の台所にいた女の子に、先生はどこですかと尋ねます。月明かりだけの闇の中、明かりが漏れている二階の教室にそっと入らせていただくと、いきなり先生の力強い大きな声で「うどんとラーメンとそばの違いは……」が真っ先に耳に入ってきました。生徒たちは十五、六人ほど、大きな黒板を指さし一二三先生がとっても楽しそうに、元気はつらつと熱弁を振るっていました。

この「うどんとラーメンとそばの違いは……」の講義の強烈な印象は、先生のカンボジアでの日本語教育の熱心さの象徴として、後々まで忘れることができませんでした。

先生はご主人の仕事の関係でカンボジアに住むようになって、人に薦められて始めた日本語を教えることが、とても楽しくなったそうです。ところがご主人が他国へ転勤になった時に、「ここで日本語を教えたほうがいきいきと生きられる」とご主人が背中を押してくれて、先生を最も必要とする生徒たちとともに生きる人生を選びカンボジアに残ったそうです。

よくよく聞くと、先生は授業料を払えない生徒からはお金をもらわず、日本から支援金を送ってもらえるようにＮＰＯを設立したそうです。様々な人生の選択がありますが、先生のお蔭で、多くの生徒たちが、アンコールワットで日本話を話し、生計を立てていくことができるようになるのです。

私は、三坂さんの口利きでパンダホテルに一泊三十五ドルで滞在していました。三坂さんは、「公演に際して、できるだけお金を節約したほうがいいんだから、劇団の滞在もパンダホテルにしなさい」と言ってくれていました。シェムリアップの相場では、ホテルはツインで五十ドルです。ホテルの快適さは、ハードな舞台をこなす劇団員たちにとって重要な要素です。勿論贅沢を言ったらきりがないのですが、いつものようにバスタブの温度、そして朝食の充実度がチェックポイントで、パンダホテルが安いからといって妥協することはできませんでした。

それこそ星の数ほどホテルはあるというのがシェムリアップです。それでも足りずに、観光客を見込んで、次々と新しいホテルが建てられているので、私はいくつかのホテルを回ってみました。

そして、新しくてお湯の心配もなく、朝食もまああの種類が並ぶブッフェを用意できるところに決めることにしました。ツインで五十五ドルです。せっかく節約するようにとパンダホテルを手配してくれたのに、他のホテルに決めるのは、三坂さんに対して失礼なことだとわかっていましたが、それでも、私にとってこのホテルの件だけは、今後三坂さんに相談に乗ってもらえないようなことになっても、絶対に妥協できないことだったのです。

シェムリアップでの公演準備のおおよそのめどがつき、劇団の到着の日にちも迫ってきたので、私はプノンペンに戻ることになりました。

夕方、お世話になった運転手さんに空港に送ってもらい、空港の待合室に入ったところ、そこには山本日本語学校の校長先生、そして一二三先生たちがいました。

「プノンペンに行くんですか」と聞いたら、先生方は「明日、プノンペンで日本語の弁論大会があるので、生徒たちを連れて行くところですよ」と言います。

飛行機の座席に座ってしばらくしてから、私は気づきました。

「えーっ、日本語の弁論大会ということは、カンボジアで日本語を勉強している生徒たちがたくさん集まる。公演の司会とか会場整理とかお願いできる最高の人材が一堂に会するなんて、なんて素晴しいんでしょう」

私はこのチャンスを絶対逃すまいぞと一二三先生にしっかりと会場の場所を聞いて、明日は必ずそこに行って公演の集客をしようと決心したのでした。

弁論大会でのアピール

翌朝、ＡＳＡＣの事務所の車はふさがっていると聞いていたので、私は、あの十七ドルのホテルから弁論大会の会場まで、なんとか自力で行かなくてはなりませんでした。

ホテルを出ると目の前に多くのバイクタクシーがたむろしていて、ドライバーたちは、一体私がお客になるのかならないのか、顔色を窺っています。しかし、もし、危ないドライバーを選んで、知らない場所に連れていかれたら、とても危険です。

私は口々に呼びかけるバイクタクシーに見向きもせず、大通りにでました。そして通りを走っているバイクタクシーの運転手の顔を見極め、人の良さそうなおじさんを選んだのです。今でも、その深い皺が刻まれた茶褐色のおじさんの顔を思い出すことができるくらいです。

そのおじさんに会場の名前が書いてある紙を見せて後部座席に乗り込み、おじさんのジャンバーの背中をしっかりと握りしめて、目的地に向かって走り出しました。

弁論大会の会場は、中心部から少し外れたところにある大学の構内でした。

私は本部に辿り着くと、ダメもとでお願い事を話しました。

「日本からの文化交流を目的とした公演があるので、みんなに来てほしいから宣伝をさせてほしい」と言ったら、すんなりと許可が出ました。

最初からあきらめずに来てみて良かったと、私は胸をなでおろしました。これが、シェムリアップ空港で日本語学校の先生たちと会ったおかげだと思うと、偶然では片づけられないような、困難と思える中にも実はスムーズに物事が運んでいるような気がしてなりませんでした。

私が弁論大会の合間に時間をいただき、彩りも鮮やかな公演のポスターを持って壇上に上がると、審査員席には日本大使館の担当者、以前長崎屋で紹介された商工会の会長が見えました。突然の私の出現に驚いている様子です。

通常、私たちの劇団が海外で公演をする場合、一か国で十公演、約二、三万人を招待しますが、私たちの公演はあくまで個人的に主催するという位置づけで、通常、大使館には、ご招待のご挨拶に伺うだけなのです。

この時は私が話し終えると、すかさず、大使館所属の通訳が現地語で内容を説明してフォローをしてくれました。この弁論大会の司会者が上手な日本語を話していたので、若干のお礼と食事を出しますということで公演の司会を、その他数人の学生に公演当日の会場整理のお手伝いをお願いすることができました。彼らは日本語を話せるのですから、こんなに最適の人材の宝庫はありません。ありがたいことです。

公演までの最後の仕事

劇団が到着するまで、とうとうあと二日を残すばかりになりました。

真理子さんが多くの学校を設立している地域、カンポット、バティエイは野外公演で、地元の協力があるので、集客はほとんど心配がありません。

残された仕事は、プノンペン公演五回の集客とマスコミ対応です。

ASAC側が訪問してくれた数か所は、いつ、何人、来場するかを、集客表に記入してあったので、私はそれを踏まえて、最終の集客の詰めに入りました。

プノンペンで貧しい子どもたちが住んでいるエリアがあることを聞いて、例のごとくピップの五十ccバイクの後部座席に乗り、チョンカーモン地区のソティアロス小学校へと駆けつけました。

日焼けした顔に歯もまばらな校長先生は、笑顔で私を迎えてくれました。

彼は英語があまり得意ではないらしいので、ピップに通訳してもらい、ぜひ子どもたちを公演に招待したい旨を伝えました。この地区では父親がアルコール依存症のために家庭崩壊したり、貧困のためになかなか学校に来れない子どもが多いそうです。

校長先生と日程、人数の打ち合わせをして、劇団用に借りたバスを効率よく回して、子どもたちを送迎する方法を考えます。校長先生はとても喜んで、歯のない笑顔をさらにほころばせて、「子どもたちがどんなに喜ぶことか」と私の手を握り締めてくれました。

学生や一般に配った入場券で、実際にどれだけ来場するかは、予想しにくいのですが、一応、集客表では、全部の席がほとんど埋まる予定に見えて、私は一安心していました。

とうとう最後に残る仕事はマスコミ対応のみになりました。長崎屋の三坂さんの紹介でNHKカンボジア支局長と連絡をとったところ、忙しい中会ってくださるという嬉しいお返事をいただき、私は、指定された時間に、由緒正しいフランス領時代の面影を色濃く残すカンボジアホテルの一角にあるNHKカンボジア支局を訪ねました。とにかく話を聞いていただくだけでもと思ったのが、支局長は大変興味深く、真摯に劇団の活動について聞いてくれました。

そして最後に、「あくまで最終決定は日本にあるけど、なんとか日本のニュースで放映するよう推薦してみます」と言ってくれたのです。また、これからも劇団の活動の様子を知らせてほしいとも言ってくださいました。

ぬか喜びしないように、放映はあまり期待しないで待っていようと思う一方、私は支局長の人柄を見て、いい加減なことを言う人ではないと感じていました。

放映は突然実現しました。NHKの朝の全国ニュース、七時二十五分頃、ほんの一、二分のオンエアーですが、いきなり「日本の劇団がカンボジアで公演」という見出しで公演のオープニングが画面に大映しになったので、日本にいた知り合いの方たちは本当にびっくりしたそうです。

結果は力を尽くしたことのご褒美と思っていますが、支局長には感謝です。後にも先にも、NHKの全国放送オンエアーというのは、私にとって大変感慨深いものがあります。

それから私は、残された僅かな時間の中で、カンボジアのテレビ局で中継放送してもらうための交渉を始めました。これは三坂さんの会社のスタッフの弟さんで、失業中の元新聞記者の方が、マスコミに顔が利くということで一緒に動いてくれました。

まずは彼の知り合いのプロデューサーに会うために国営テレビ局を尋ねました。プロデューサーを待つ私と同じ部屋には、ちょうど日本のNHKの取材班が居合わせています。プロデューサーが私の前に現れると、その取材班が雇っている優秀な日本語のガイドが部屋に入ってくるのとほぼ同時となり、こんな偶然があるのかと疑いたくなるような嬉しい出来事ですが、彼は私の言いたいことを一瞬にしてプロデューサーに通訳してくれたのです。

プロデューサーは、「もし文化省の協賛がとれていれば撮影費などが安くできたのに」と言いました。文化省の協賛がなければ、撮影費は九百ドルかかるというのです。

これは、予想外の出費で大金です。でも今からでも間に合うかもしれないと、私は、あきらめずに文化省に行って直接かけ合ってみようと思ったのです。

私たちはその足で文化省に向かい、夕方四時くらいに到着しました。

すると担当者が、「文化省のトップは王女です。なんとかしてあげたいけれど王女の印鑑をもらうには、日数がなさ過ぎます。最低でも一週間は見ないと無理ですよ」。

カンボジアに貢献している真理子さんは王女とも近しいおつきあいがあり、私は真理子さんに教えてもらった王女の住所にプノンペン公演の招待状を送っていたのです。日本にいる真理子さんに相談してみようと思った私は、

「そうですか、でもなんとか頑張ってみます。六時までに戻ってきますから、どうか待っていて

ください」

そういって文化省の門を出る時にすれ違った車に乗っているのが王女だと教えられて、まだなんとかなるかもしれないと自分に拍車をかけるのでした。

しかし結果的には、この時間内に王女と連絡を取ることはできませんでした。プノンペン公演を中継放送してもらえれば、地方公演、アンコールワットでの集客に効果があるため、なんとかしたいという必死の思いだったのです。テレビ放映の撮影料は、出張費を含めて約十万円。今回、カンボジアでは十二回という、いつもより数多い公演を予定している上に、シェムリアップまでは飛行機で移動するという出費がかさむため、あと十万円はとても払えない金額でした。

そうしているうちに、とうとう劇団のメンバーが到着する日がやってきました。

プノンペンでの滞在ホテルは中心部のジュリアホテル、ツインで五十五ドルです。市内中のホテルを探し歩いて、バスタブのお湯など必要条件をチェックした結果、決定したホテルです。クリスマス直前のホテルのかき入れ時では、この値段交渉がぎりぎりでした。私は準備期間に宿泊し、馴染んだ十七ドルのホテルを引き払って、みんなと合流したのです。私は早速、今回、初めて参加する監督と照明さん、舞台スタッフをつれてチャンラ劇場へと向かいました。

市の中心に広い敷地をとって円形に建てられた近代的な劇場は、昨日まで映画を上映していましたが、今日は入り口に劇団公演の華やかなポスターが貼ってあります。以前対応してくれた若い女性の支配人は休暇で留守、アポイントを入れておいたのに、照明卓に詳しいミキサーさんも不在で埒があきません。劇場を借りているのだから説明する担当者がいて当たり前ですが、日本の常識が通用しないことに驚いていても仕方がありません。初めて海外公演を体験する監督さんたちは、日本ではあり得ないようなアバウトな状況に驚いていましたが、私たちはチェルノブイリ放射能汚染地の公演以来、これまでも幾度となくこういったトラブルを乗り越えて、公演を行ってきたのです。

カンボジア初演のアクシデント

プノンペン公演初日、弁論大会でお願いした学生たちが集合してくれました。それぞれのスケジュールに合わせて、司会、受付、会場誘導など、三日間の公演を手伝ってくれます。

ところが舞台でリハーサルの準備が始まった頃、何人かのカメラクルーがドヤドヤと劇場に入ってきました。テレビ中継費九百ドルが払えないと言って断ったつもりが、うまく伝わっていなかったのかと、私は慌ててクルーたちの方に向かいました。すると彼らは、「中継料は、三百ドルでいい」と言ってきたのです。そこがやはり、カンボジアだなあと感心してしまいました。

文化省の後援がなければ九百ドルと言っていたのに、残念ながらと断ったとたんに三百ドルになってしまい、頼んでもないのにやってくるという。とにかく、この料金で撮影してもらえることはありがたく、これからの地方公演、特にアンコールワットで人々に見てもらえたら、いい広報・宣伝になるので、三百ドルを支払うことにしました。やはり、あの時の努力は無駄ではなかったのです。

しかし、カンボジアでの記念すべき第一回公演の幕開けに、そのアクシデントが明らかになりました。事前にチケットの大部分を配ることができて、予約席も一応埋まり、後は当日の客入りだけを心配すればよかった状態のはずでした。オープニングの全員が登場するショーで、私が侍の衣装で挨拶するために前に歩いた時です。予約席で埋まっているはずの何列かが、ごっそりと空いているのに気づきました。

楽屋に戻って慌ててかつらをはずし、集客表を見ると、空いている席にはＡＳＡＣが予約した学校の生徒たちが座る予定になっていました。次の出番までは十五分くらいあるので、羽織袴を着けたまま、楽屋から確認の電話をかけました。

「どうしてあの席が空いているの？」と聞いたところ、「よかったら来てくださいと案内してきたので」という意味の答えが返ってきました。

案内だけ？　確約は取っていないということ？　ショックでした。私の予想の範疇を越えていました。

私にとって、たくさんの協力、支援をいただいて、カンボジアで公演するこの劇場の一席、一席がプラチナシートに値するのです。しかし、私は自分の甘さを反省しました。ＡＳＡＣは、忙しい中、手伝ってくれていて、コミュニケーションが足りず、しっかりと確認しなかったのは私の責任です。

カンボジア、スラム街の小学校から劇場に子どもたちを運ぶ。

起きてしまったことは仕方がない、こうなったら、すぐに明日からの手当てをしなければ、きっと今からでも間に合うと思った私は、おもむろに、携帯電話を手にして、先日のスラム街の小学校の校長先生に連絡をしました。

せっかくの座席を無駄にしないよう、一人でも多くの人々に公演を見てもらえるように。

「先生もっと子どもたちを招待することができるんですが、如何でしょうか」

電話口の向こうの校長先生は、なまりの強い英語で「勿論、喜んで伺いますよ」と確かに答えてくれました。

海外公演で準備をする時に、なくてはならないのが携帯電話です。

アジアの人が話す英語はかなりなまっていて、対面していても聞き取りにくいのですが、これが電話機を通すと一層聞き取りが難しくなります。でもこのライン一本が命綱で、すべての手配、打ち合わせをするのですから、必死です。英語力はあまりないのですが、とにかく私しかいないのですから、ダイレクトで話をする時は、全神経を集中させ、私の記憶している総単語力を集結し、パズルのように組み合わせてなんとかするのです。

特に今までの経験からいうと、アクシデントが起こって、なんとかしなくちゃいけない状況の時は、自分でも信じられないくらい英語ですらすらと話をしてしまうのです。きっとすごく集中するからでしょうけれど、人間の持っている可能性ってすごいですね。とにかく自分の出番が終わると、私は羽二重をつけたまま、楽屋の鏡の前で、次の出番までの合間に、その日の集客の確認や食事の確認など、こまごまとした電話をかけたり受けたりしていました。

プノンペン公演では、長崎屋さんからの昼食弁当、そして公演の合間にはおにぎりの差し入れがあり、みんな大喜びでした。海外で食べる日本のお米の食事ほどおいしいものはありません。

最終公演には、パメラも友人たちと来てくれました。

パメラが紹介してくれたお坊さんが障害者施設を運営していると聞いたので、明日からのカンポットなどの地方公演からプノンペンに戻ってきた時に、訪問する約束をしました。

アジアの国はそれぞれ戦争の深い傷跡を持っていますが、カンボジアは内戦で同じ国民が殺し合うというさらに深い傷を負っています。私たちのできることは微力ですが、公演を通じて交流するひと時を大切にしたいと考えていました。

三坂さんの貴重なアドバイス

プノンペンを含む地方公演八回が成功裡に終わり、再びプノンペンに戻ってきた時、またまた三坂さんから重要なアドバイスがありました。

「菊池さんは、みんなより先にシェムリアップに行ったほうがいい。みんなと一緒に行ったのでは遅すぎるのではないか」

私は、はっとしました。三坂さんの言うとおりです。

確かに大枠の準備はしてきたものの、最後の詰めをする必要がありました。それにリッチナー先生の劇場でも、いよいよ公演ということで何かと心配していることでしょう。

みんなと一緒に舞台に出ていても、私が最もするべき大切なことは、公演の準備です。

バティエイ公演を終えてバスでプノンペンに移動し、ホテルに入ったのが午前二時、その後床につく間もなく、私は午前四時にはホテルを出て空港に向かいました。

ところが空港についてすぐに、携帯電話をタクシーに忘れてしまったことに気づきました。移動中、タクシーの中で充電させてもらったのが、そのまま受け取らずに車を降りてしまったのです。この国では、携帯電話がなければ、身動きができません。

幸いホテルから呼んでもらったタクシーなので、ホテルに電話すれば、すぐに連絡がつくと思ったのですが、空港には、公衆電話がありません。

どこかのオフィスに行こうかと思うのですが、朝早いのでどこも開いていません。

そこで私が目をつけたのが、空港のガードマンさんのポケットに入っている携帯電話でした。早速、お願いして貸していただきました。ホテルから私が乗車したタクシーにすぐに連絡がついて、私が空港の外で、そのタクシーが戻ってくるのを待っているまさにその時でした。あのフランス文化省の代表が車から降りて歩いてきたのです。向こうも私を見てびっくりしていましたが、実はもともと、十二月のこのフランス文化省が行うアンコールワットのイベントにあわせて、劇団の公演スケジュールを決めていたのです。ですから、ちょうど、彼は、このイベントのために、シェムリアップに向かうところでした。

私は、今私たちの公演がカンボジアで行われていて、これからシェムリアップ公演に向かうところだと話しました。彼はシェムリアップでの滞在ホテルの連絡先を教えてくれて、ぜひ「カンボジア政府とフランス文化省共催のアンコールワット公演を見にいらっしゃい」と言ってくれました。私がもしメンバーと同じ飛行機で移動していたら、彼と会うことはなかったし、もし携帯電話を忘れなかったら、ばったり会って話をすることもなかったかもしれないのです。

三坂さんの言葉は、カンボジアでの私を、いつも見えない糸で誘導しているかのようでした。

最後の頑張り

懐かしいシェムリアップの空港につくと、私は早速、以前、一緒に準備を手伝ってくれた太っちょのタクシードライバーに電話をしました。しかし、残念なことに、彼は、仕事の予定が入ってしまっているということで、彼の友人を紹介してくれることになりました。彼のように親切に手伝ってくれるドライバーがいないことに不安を覚えた私ですが、空港にやってきた彼の友人のタクシーに乗り込み、今日と明日の二日間で、何をするべきかを考えました。

二軒の日本語学校、スナダイクマエ孤児院、クルサー・リッリエイ孤児院、スラムで二百人の子どもたちにおかゆを配る奉仕活動をしているプノンペンカトリック信徒宣教者会、しかしシェムリアップ公演の集客はまだ半分しか終わっていません。

リッチナー先生の劇場はとてもきれいで高級感があるため、簡単に足を踏み入れられる感じではなく、当日は、招待されたお客様しか、劇場に来る見込みはありません。先生が大切な劇場をせっかく無料で貸してくれるのですから、その気持ちに応えるためにも、劇場いっぱいのお客さんを集めて喜んでいただきたいと思いました。

いつもなら三坂さんの事務所に顔を出して、それから動き出していましたが、三坂さんは数日タイに出張していてシェムリアップにいません。私には相談はおろか、話ができる人さえもいないのです。

私に残された時間は、今日とメンバーが到着する明日の午後までの一日半で、この頼る人とていないシェムリアップで、あと三千人のお客を集客しなければなりません。とにかく今は、まず一度劇場に行ってみて、それからどうしたらいいか考えようと思いました。

ところが劇場の手前に到着すると、劇場手前から何本も立っているポスター掲示板には、一週間前から貼ってあるはずの、公演のポスターは一枚も貼ってありません。プノンペンから再度確認していたのですが、どうしたことでしょう。私はパニックに陥りました。

公演が二日後に行われることをシェムリアップの人々が知らなければ、お客は来ない。三坂さんもいないし、私は一体どうしたらいいんだろうと、血の気が引いていくようにどん底まで一気に気持ちが落ち込みました。

しかし、落ち着いて、よくよく気をとり直して考えてみると、今までも自分で決めて自分でやってきたのです。どうして今更、私は落ち込むんだろうということに気がつきました。誰かを頼りたいと思う今の私が、ただ気弱になっているだけなんだと思いました。三坂さんは彼のできる範囲で手伝ってくれ、また、節目節目で私にキーワードをくれました。反対にある時はつきはなされたことで、私が自立できたとも言えるでしょう。そう思えたら、なーんだという気持ちになって、反対に怖いものがなくなったのです。やるだけやったら、ちゃんと結果が出てきたのだから、何も心配することはない、自分をもっと信じようと思ったのです。

明日までに三千人集めるには人の大勢いるところにいけばいい、そうだ学校に行ってみようと思ったのです。私は身を乗り出して、以前の明るく陽気で太っちょのドライバーとは正反対の、おとなしくまじめそうな痩せ型の運転手さんに聞きました。

「多くの人を劇場に招待したいから、できたらどこか学校に連れていってほしいんだけど」

そうしたら、彼の返事は「オーケー、私は先月まで学校の先生だった。私がいた学校に連れていってあげよう」。

その時の私の気持ちは「オー、マイゴッド！」。神様ってなんて素敵なんでしょう。

私が落ち込んでやる気をなくしていたら、この道は開けず、公演は閑散とした集客で終わってしまったかもしれません。その上に驚いたことは、彼が働いていたサラ・アヌワッツカルコサール中学校は、劇場に歩いて来ることができる距離、劇場の斜め前だったのです。

このドライバーは、神様が私に遣わした天使だと思えたほどでした。早速その中学校を訪れて話をまとめ、またさらに、そこの校長先生から、今度は先生になるために勉強している大学の教育学部を紹介していただいて、三千人の集客は半日もかからずに一気に終了したのでした。

奇跡はいつも私たちの隣で待っていてくれるけれど、ほとんどの人はそれに気づかないで通り過ぎてしまうのかもしれません。私は与えられた恵みへの感謝でいっぱいでした。

公演のお手伝いは、一二三日本語学校の学生さんたちに来ていただくことになっています。それから私は、フランス文化省の代表に宛てて、公演の招待状を作成し、彼の滞在するホテルに届けました。

私は、たった一日半で、納得できる準備を終えることができました。

明日は劇団のメンバー到着に合わせて他のホテルに移るため、今日が慣れ親しんだパンダホテルでの最後の晩になります。ところが昼間はなんともなかったのに、私は突然の胃の激痛、嘔吐、下痢に見舞われて、トイレにうずくまって動くこともできなくなったのです。猛暑のカンボジア長期滞在の疲れ、一人でこなさなければならなかった精神的ストレスなどなどが積もっていたのでしょう。それらが、ようやくシェムリアップ公演を迎えられるという安心感でどっときたのかもしれません。薬もなく、ほとんど一晩中、ベッドで海老のようにお腹を押さえてうずくまっていました。普段体は丈夫なほうとは言えませんが、自分がやらなければという時は、具合が悪い、病気になる等という意識が微塵も湧いてこないせいか、めったに倒れたことはありません。あとにも先にもこの時は、手も足も動かせず、ただ苦しむだけでした。

自分の力ではどうにもならないこともあるということを実感させられました。

劇団メンバーがシェムリアップ到着

劇団のメンバーたちが、プノンペンから、とうとうシェムリアップに到着しました。

しかし、前の晩のホテルで、遅い時間だったためか、熱いお湯が出ず、ぬるいシャワーのためにメンバー数人が風邪気味で体調を崩していました。

知人の顔を立てて一泊だけ宿泊したホテルは、熱いシャワーが出なかったのです。

このことを私は深く反省しました。一番重要なことを見失うと取り返しのつかないことになる。一人でも倒れたら公演ができない状態にもなりかねません。メンバーの体調のことを一番に考えて、すべてを決めるのが私の役目なのに、本当に申し訳ないことをしたと思いました。

舞台監督と照明さんと一緒に、最初に向かったのが照明をレンタル予約した場所です。

病院の劇場は立派にできていますが、コンサートホールなので照明設備はあまりありません。

それで直接、以前予約しておいた照明屋さんに行って、監督たちに、何が必要か選んでもらおうと思ったのですが、やっと開けてもらった倉庫には、ガラクタのように見えた照明がほとんどありませんでした。アンコールワットで行われる公演にすべて貸し出してしまったと言うのです。

予約したのにといっても、今は後の祭り、日本から来たばかりの監督さんたちにとっては、ちゃんと予約をしてなかったんじゃないかと信じられない気持ちだったかもしれませんが、仕方ありません。カンボジアなんですから。

とにかく、照明を少しでも取り戻すために、一二三日本語学校出身のガイドさんの案内で、貸し出し先のアンコールワットに向かうことにしました。

私たちは、昼とは全く違う顔を見せるアンコールワット内の暗い道をとぼとぼと一列に歩き、途中、遺跡の前の広場に造られた、明日から始まるフランス文化省のイベントの立派な舞台を通過し、とうとう照明が置いてある場所にたどり着きました。

私が予約した照明も、明日のこの豪華公演のためにすべてこの場所に移動されたのです。真っ暗な照明置き場で交渉して、なんとかいくつかを貸してもらえることになりました。

とうとうシェムリアップ公演の日がやってきました。私はシェムリアップでの公演では、プノンペンの時のように空席がでないように細心の注意を払いました。

しかし、衣装をつけ終わった頃、劇場に一番近い中学校の席が開演間近になっても空いているのに気づきました。担当の先生に、例のごとく楽屋から確認の電話をかけると、もう開演するというのに、今、道を歩いているところだというのです。カンボジア時間だから仕様がありません。来てくれるだけありがたい気持ちでした。

シェムリアップ　ビート・リッチナー先生の劇場

一方では、カンボジア出発直前に日本で放映された日本人が運営しているシェムリアップの孤児院の子どもたちを招待していたのですが、こちらが手配した送迎バスの到着が大幅に遅れたため、誘導のスタッフが彼らの席に他のお客さんを座らせてしまったのです。子どもたちはせっかく来たのに、席がなく入場できなくなってしまいました。

シェムリアップでは席が空くどころか、反対に入場できないくらいお客さんが来場しました。私たちとしては、通路に座ってでも多くの方に見てほしい気持ちでしたが、大変きれいな劇場ですので、劇場側がどうしてもそれは許してくれませんでした。

楽しみにしてきた子どもたちががっかりしたのは言うまでもありません。次の日お詫びに伺い、翌日の夜の公演に改めて招待することになったのです。

また石見神楽の大蛇の登場シーンでスモークを焚いたため劇場中が煙に巻かれ、リッチナー先生が激怒するというハプニングも起こりました。あわや公演が中止かと思われましたが、先生の大切にしている劇場をお借りしているわけですから、先生にくれぐれもお詫びをして公演を続行することができました。

今回は、初めて参加するボランティアスタッフが多く、暑いカンボジアで、各地をまわり多くの公演を行ってきたスタッフたちには、疲れが出始めていました。劇団のメンバーは日頃から厳しい練習で身体を鍛えているので、ハードな舞台でも誰一人倒れるものはいません。海外公演では、いつものことですが、ホテルに戻ると劇団メンバーが疲れたボランティアスタッフの身体のケアをしていました。私は、集客、事前準備と舞台の進行で、全スタッフへの気配りや取りまとめまでは、気力、体力ともにできる状況ではありませんでしたが、そんな中で、舞台監督ができることを提言しサポートしてくださっていました。

このカンボジアでは総予算五百万円で三十名参加、十日間で四都市十二回公演を行う予定です。半分は飛行機代、残りの半分で十分なホテルと食事、劇場、移動経費などを賄っていかなければなりません。有名タレントが大都市で行う商業公演とは違い、参加者全員の協力で進め、大勢の人に喜んでいただけたことは、それぞれが感じたことでしょう。

一日目の公演が終わった夜、座長と私は、アンコールワットで行われるフランス文化省の舞台に出かけることにしました。

先月、十一月には東儀秀樹さんのステージ、またシンセサイザーの喜多郎さんも公演をしたという憧れのアンコールワットで、今晩一体どんな舞台が繰り広げられるのでしょう。

町のチケット売り場で二十五ドルのチケットを買って、夜のアンコールワットに入ると、ライトアップされた遺跡の前の特設舞台の周りは、普段の遺跡とは表情が違い、大勢の大使館関係者や外国人のお客さんでにぎわっています。

舞台の横のテントの楽屋から、影絵のように映し出されるフランス人ダンサーたちの支度する様子が、昔懐かしさとモダンをミックスしたような不思議なノスタルジーを醸し出しています。

客席の前の方に、フランス文化省の代表を見つけた私は、舞台が始まる前にかけ寄って挨拶をし、「もし宜しければ、あす、私たちの昼の公演に来ていただきたい」と伝えました。

彼は「アンコールワットの舞台は夜だけなので、何もなければ昼の公演に妻と行きます」と言ってくれました。この方との関わりも含めて、出会う縁はすべて意味があり、無駄なことは一つもないということを、また教えられた出会いです。

カンボジア公演の成功

三坂さんは、常々私の顔を見ると言っていたことがあります。

「菊池さん、菊池さんの苦労は誰にもわからないよ。ここで経験した者にしか、この大変さは絶対わからない。もし、誰かが菊池さんに何か文句を言ったり、菊池さんを非難するようなことがあったら、菊池さんが一人でどんなにここで頑張ったか、大変だったか必ず僕が言ってあげるからね」

私は様々なシーンを思いだすとともに、三坂さんの温かさを感じ、胸がジーンとして、目頭が熱くなりました。ここで私がしたことを見ていてくれた人がいる。私がつまずきながらも、格闘しながらもやってきたことを評価してくれる人がいる。

私は、どんな言葉より三坂さんの言葉がありがたかったのです。たとえ、みんなに誉めそやされることがなくても、表舞台で日の目をみなくてもいいじゃないか。私には、たった一人の私がカンボジアで命をかけて生きたことの証人がいる。

私は目の前のことを精一杯するだけで、後のことは何も考えてはいませんでした。私が考えて、今一番いいと判断したことを実行する、それ以上に最良の方法があるわけがありません。誰かに誉められたいとか、功績を認められたいとかいう気持ちは微塵もなく、こうして何も言わずに、私のすることを誰かがずっと見ていてくれたということが、私にとっては、何物にも代えがたいご褒美でした。

公演が終わると、「子どもたちが喜ぶ顔が見たかったから頑張ったのよね」とよく言われますが、最初からそのことを意識して動いているわけではなく、目の前のことを精一杯やっていくとみんなの笑顔が待っているのです。

そして、私は、私自身のため、自分自身への約束、挑戦として、力を尽くせたのでしょう。長い人生の中で、不平不満を持って毎日を過ごし、命永らえるよりも、自分の我儘を通した生き方だけど、思い切り好きなことをして、その途中で、たとえ命を落としたとしても後悔はしない、そういう風に生きたいと思いました。私は、こんなチャンスを与えていただいたことを本当にありがたく思いました。

リッチナー先生のカンタポッパ劇場での公演が大成功を収め、これでカンボジアでの公演はすべて無事終了しました。四都市にて十二回公演を行い、明日は、いよいよ帰国です。

翌早朝四時、リッチナー先生の劇場スタッフの協力で、荷物の搬出が行われました。

リッチナー先生は、「またいつでもおいで、君にならいつでも貸してあげるよ」と言って私を送りだしてくれました。数々の困難を乗り越えて、子どもたちのために頑張っていらっしゃる先生、これからそのことが、また私を大きく励ましてくれることでしょう。

最後に、借りた照明器具を返却する時間がなくなってしまい、あの真面目なタクシー運転手さんに追加料金を渡して、返却をお願いしました。運転手さんからリッチナー先生まで、多くの人との出会いがあり、協力があって私のカンボジアが終わりました。

第十一章　ロシア公演　二〇〇四年
―たった一日で、モスクワ五公演を準備した奇跡―

大国ロシアへの道

帰国してからのイーゴリーの働きで、ロシアに本社があるエージェントに会うため、二〇〇四年一月に、座長と私はモスクワを訪れることになりました。

一月のモスクワは一年中で最も寒い時期にあたります。私は、まるで南極にでも行くように完全防寒装備で、日本を出発しました。しかし、日本と違ってロシアは室内の暖房設備がしっかりしていますから、モスクワの女性たちは、室内ではTシャツ一枚でおへそが……という人もいて、とてもファッショナブルです。それでも一歩外に出れば、零下何十度という気温という環境なのですから、今更ながら人間はどんなところでも生きていけるということに、つくづく感心させられます。

ロシア人の知人の紹介で通訳をお願いしたのはタチアナ、通称ターニャ、三十六歳、普段は草月流モスクワ支部で秘書の仕事をしています。明るくて前向きで人をひきつける魅力を持った女性で、私たちはたちまち親しい友人になったのです。

待ち合わせ場所は赤の広場に程近い、モスクワでもメインストリートに面している建物の二階にある日本風居酒屋です。そこには、もしサンタクロースが実在したら、こんな人じゃないかと思えるような温かさを湛える風貌のヴァレリーさんと、顎鬚を蓄えたディスコのＤＪのようなイメージのマキシムさんが待っていました。

今まで人の訪れない僻地での公演を行ってきた私たちにとって、モスクワは、公演をしようとは思ってもみなかった世界の大都市です。しかし、世界を震撼させた劇場の爆弾テロから数か月しかたっていないモスクワでは、人の集まる場所はテロの標的となるため危険とみなされ、各国からの公演キャンセルが相次いでいるという状況でした。

以前、私たちがフィリピンのミンダナオ島で公演を行った時は、警察犬による劇場内の爆発物の捜査と、入場時の厳重な手荷物検査が行われましたが、私たちが飛び立った一週間後、ミンダナオ島の空港で爆弾テロがあり、死傷者がでました。世界は、そのようなテロがいつ起こるかわからない状況下にあります。だからこそ、今、私たちがモスクワに公演に訪れることは、人々を励ますことになるだろうということを第一に感じました。

また、年金制度が乏しく、大変厳しい暮らしを強いられているお年寄りたちを劇場に招待したいという私たちの思いに、その場にいた全員がロシア公演実施へ向かい、気持ちを一つにしたのです。

近くで買ってきたロシアの地図をテーブルに広げると、ロシアという国は、広大な大地をシベリア鉄道が横断していて、日本に近いハバロフスクまで、とてつもなく広い国土が広がっています。あまりに広すぎて、本当にここで公演できるのかという思いと、ここで公演ができるという期待が交錯します。

ヴァレリーさんの提案で、今回はモスクワを中心として、近隣の主要都市を回るようなスケジュールで公演を行おうということに話がまとまりました。しかし、私たちは、四月上旬に公演を実施したいという彼らの希望を聞いて驚きました。今から四月までの数か月に、本当に公演の準備ができるのだろうか、早くても秋のほうがいいのではないかと聞いてみるのですが、ぜひ四月にということで、本社の了承がとれ次第、連絡をくれることで話は落ち着いたのです。

ロシア公演十日前のキャンセル

モスクワから戻り、公演予定地の打ち合わせなどで、マキシムさんと頻繁に連絡をとっていたのが、三月に入り、最後の詰めについての連絡が、マキシムさんから滞りがちになってきました。催促のメールは送るものの、はっきりした返事が返って来なくなってきたのです。

心配が募ってきた三月二十日、とうとう決定的な連絡がきました。マキシムさんは、「ロシア公演を秋に延期したい」という最終決定の意思表示を書いてきました。しかし、それは、あと十日で全員が出発するという月曜日のことでした。

朝六時にメールを開き、マキシムさんからのメールの内容を理解すると、私は、早朝ではありますが、すぐに二階の座長の部屋への階段を駆け上がりました。階段を上がる短い間に、これからどうするか、私の心は決まっていました。部屋の外から座長に声をかけ、中に入った私は、マキシムさんからの公演延期の内容を伝え、私の考えを言いました。

「座長、だめでもともとです。どうか私をモスクワに行かせてください。今までの国でも、無料で人々を招待して公演をやってきたんですから、ロシアでもやってできないことはないと思います。例えば、キエフや近隣の都市の市役所に飛び込んで、日本の劇団が公演をしたいのです、ぜひ皆さんを招待したいのです、といったらきっとできます。英語が通じないから、ターニャかイーゴリーに一緒に行ってもらわないといけないですけど。今から公演を中止したら、劇団の信用はなくなって、次から海外公演を応援してもらうことはできなくなってしまいます。マキシムさんは秋に延期と言っていますが、そんなことは当てにならないでしょう」

出発まであと十日ということは、当然のことながら、既にスポンサーから公演のためのお金が全額振り込まれ、航空券の手配、購入が終わっています。

そして今回のロシア公演では、重要な二つの許可をとっていました。

一つはロシア大使館の無料ビザ二十五人分、そしてアエロフロートの三百キログラムの重量オーバー許可。アエロフロートの重量オーバー許可の交渉は、アエロフロートの総代理店である会社の部長さんの協力で行われました。

私たちにとって幸運だったのは、アエロフロートの日本支社長が、アルメニア人だったということです。前年に、アルメニアで公演を行ったことが功を奏してか、アエロフロートでは滅多に出さないといわれている重量オーバーの許可を取りつけることができたのです。ロシア大使館のビザも、無料になることはめったにないことだと聞いていました。

これだけの多くの人たちの協力で整っていた状況で、今から公演を中止することは、劇団の信用を無くし、これから海外公演を行なうことができなくなってしまうことも考えられます。

キエフを中心とした三都市を回る予定だった公演ですが、キャンセルの理由は、劇団の実力を危ぶみ、果たしてロシアで、チケットを完売することができるのだろうかという本部の懸念から、中止という最終決断にいたったということです。

黙って私の話を聞いていた座長の気持ちは、私と同じでした。

それから最短でモスクワに向かう準備が始まりました。

一番心配したのはビザの取得で、翌日の火曜日朝一番にロシア大使館に向かいました。

ロシア大使館は対応が厳しいことで有名で、よく通っている旅行代理店でも融通がきいたり、顔なじみになることはないそうです。しかし知人に紹介頂いた大使館員のマリノスさんのサポートで、水曜には緊急ビザを受け取れる段取りになりました。そして、木曜日の夕方には、モスクワのシェレメチボ空港に到着できる飛行機を予約できました。しかし、公演が中止になるかもしれないという危機的な状況にあるということは、スポンサー、関係者にも一切言えませんでした。心配をかけるだけですから、あとはモスクワに行って、自分でなんとかするしかないと思っていました。状況をモスクワにいる通訳のターニャとベラルーシのイーゴリーに連絡し、サポートをお願いしたのです。

慌しく旅支度をして、いよいよ木曜日がやってきました。それは雨が降る肌寒い日でした。日にちがないというカンボジアの時を上回る絶望的な状況の中、私は日本を出発したのです。

緊急準備のためのモスクワ到着

シェレメチボ空港には、ターニャが仕事で来られないため、まだ会ったことのないターニャのご主人が車で迎えに来てくれることになっています。大学の研究室で物理を研究している学者さんです。

日本から約十一時間のフライトの後、木曜日の夕方五時にモスクワに到着した私は、自分の舞台衣装数着を詰め込んだ大きなスーツケースと、身の回りの衣類を入れた機内持ち込みキャリーバッグの二つを持って、出口まで進みました。

出口の外に広がる空港の狭いスペースには、タクシーの運転手を交えた多くの人々がひしめき合っています。するとその人ごみの中に、MINEKOと書いた白い紙を持って立っている男性セルゲイさんを見つけました。こうして、外国の空港で迎えがきてくれるというのは本当にありがたいことです。

挨拶をしてあたりを見回したタイミングで、丁度イーゴリーが現れました。彼はミンスクから一晩かけて列車でモスクワに到着し、空港とは離れている駅から駆けつけたのです。

ターニャとセルゲイさんのマンションは、空港から車で二十分くらいのモスクワ郊外にあります。私たちは、どこでエンストしても全然おかしくないほど古いセルゲイさんの車で、マンションに辿り着きました。ほとんどのロシア、ベラルーシなどのマンションがそうであるように、エレベーターを下りると、お隣と共同のドアが一枚あります。そこには乳母車や、靴箱があり、そこからさらに、合皮をキルティング加工して防寒を施した個人宅のドアを開けて入ります。ターニャのマンションは2LDK、夫婦の寝室とセルゲイさんの前の奥さんの息子、高校生のステファンの部屋、そしてリビング&キッチンです。現在、リビングとキッチンの間の壁を取り除く工事をセルゲイさんが進行中だそうです。

もう夜の七時を回っているのに外は明るいままなので、時間の感覚がはっきりしません。今から、六月の白夜に向かって、徐々に明るい時間帯が長くなっていくようです。

着いてすぐ、セルゲイさんが入れてくれた、専用の銅鍋でコーヒー豆を煮出したロシア風のコーヒーをいただきましたが、気がつくとすっかりお腹が空いていました。今日から私とイーゴリーはこの家にお世話になるのに、食事まで負担をかけるわけにいかないと思うのですが、家の回りには、スーパーマーケットもレストランも見当たらず、この日は、セルゲイさんが私たちのためにクレープ風の焼き物を作ってくれました。

そうこうしているうちにターニャから連絡が入り、セルゲイさんがバス停までターニャを迎えに行きました。ターニャが到着すると、一転して家の中にひまわりが咲いたように明るくなります。ひとしきり抱き合ったりして、再会の喜びを分かち合った後、さて、明日からどうしようかということになりました。セルゲイさんも心配して、台所のミーティングの席に座ってくれています。

まず、明日は最初に予約した劇場をもう一度回って見て、なんとか貸してもらえないかお願いしてみようということになりました。しかし、もし、その劇場が使えない場合、今から他の劇場を手配するのは難しいし、集客もできないから、ディスコでするのはどうだろうかというターニャの意見がでました。せっかくモスクワまでお金をかけてくるのだから、大勢の人に見てほしい。人が集まるディスコなら集客の心配もないし、時間がない私たちにとって最善策ではないかというのです。

劇団のメンバーが到着するのは翌週の火曜日の夕方。私たちが交渉のために動けるのは四日、ウイークデーは金曜日と月曜日の二日間だけです。ということは、金曜日中になんとかしなければ、かなり難しい状況に陥るのは必至です。このディスコ案について、ターニャが友人に連絡して、つてを探すことになりました。それから、ホテル、バスの手配です。

イーゴリーが電話帳を開いて、バスを手配するために、旅行会社を探し始めました。

まず、明日は一番に二か所の劇場を訪れること、その合間に、電話帳でピックアップしたホテルにあたって現場をみること、そして問題はディスコです。

みんなで話し合っているうちに四時を回ってしまったのでとにかく休むことにしました。

私とターニャは夫婦の寝室へ、イーゴリーとセルゲイさんは、リビングのソファーベッドでそれぞれ休んだのです。

翌朝、私は冷蔵庫の材料をみつくろって、簡単なハムエッグの朝食を作りました。ターニャ曰く、ロシアは流通が悪いので新鮮な食材が手に入りにくいため、日本のように食生活が充実していないそうです。

今日は金曜日、今日の動きが鍵となりますが、できることをしていくことが、最良の道です。私は運命を、ターニャの導きにすべて預ける気持ちで家を出発しました。

ありがたいことに、当初公演をするためにエージェントが押さえていたという一つの劇場は、モスクワ郊外の町ゼレノグラード市、ターニャのマンションから車で十五分くらいの場所にありました。

セルゲイさんの車はやっとエンジンがかかって走り出したのは良かったのですが、雨が降り出したのにワイパーが動かず、セルゲイさんは運転席から、私は助手席から外に手を伸ばし、私たちはフロントガラスを拭きながら走り続けました。

私はその劇場の前に降り立って驚きました。左右に両翼が広がるしっかりとしたコンクリート造りの巨大な劇場です。ロシアやベラルーシなどでは、日本の劇場と違って寒いお国柄、コートを預けることを優先して考えられ、クロークが広々ととられています。

劇場の代表を訪ねると、2Fの応接室に通されました。

すると私の前に現れたのは、恰幅のいい年配の女性社長でした。ロシア圏では女性が要職について活躍しているケースを多く見受けます。この方に、今の状況を説明し、ターニャが通訳します。

「事情があって一度公演をキャンセルしましたが、どうしてもロシアで公演がしたいので、ぜひあなたの劇場を貸していただきたい」とお願いしたのです。

彼女は考え込んでいます。私は、もうここでこの人にすがるしか、この人の気持ちを動かすしか手立てはないと思い、どうしようもない私は次の瞬間、床に伏し、土下座しました。

「どうかお願いします。あなたの劇場を私たちに貸してください」

彼女は、劇場のスケジュール表を何度かめくりました。

しばらくの沈黙が続いた後で、彼女は「木曜の昼と金曜の夜だったらなんとかしてもいいでしょう」と言ってくれました。この遠いロシアで、縁もゆかりもない外国人の私の願いを、こんな親切に聞き届けてくれる人がいた。そのことに一番驚きました。涙が滲んできました。彼女が私の状況を気の毒に思って、力を貸してあげたいと思ってくれている気持ちが伝わってきたからです。日本で、みんなが言いました。

「ロシアは怖いところだよ。難しいよ。人が悪いよ。気をつけたほうがいいよ」

しかし、当たり前のことですが、ひとくくりで、その国の人全部を判断することはできないでしょう。そして、生き方や感じ方が違えば、出会う人も違います。

私にとって、尤もらしい常識に足を止められることはマイナスでしかありません。現に、私を助けてくれるこんなにいい人がいるじゃないですか。反対に日本でこのようなことが起きる確率のほうが少ないかもしれません。それに、この瀬戸際にきて、大体この人は悪い人じゃないかとか、もしかしたらだまされるんじゃないかとか、悠長なことを考えている余裕なんて、その時の私には、贅沢な悩みとしか思えなかったでしょう。こうしてロシアでの第一関門とも言うべきゼレノグラードの劇場を二回予約することができたことで、私は随分気持ちが楽になりました。

ターニャと何度もよかったね、よかったねと言い合って、外で心配して待っていてくれたセルゲイさんのもとに飛び込んでいきました。

セルゲイさんも「ＭＩＮＥＫＯオーチンハラショー」と喜んでくれました。

劇場を出た私たちは、すぐに、劇場の目の前にあるホテルを見に行きました。古いマンションをホテルとして貸しているものです。

とにかく、今日、金曜日ですべての公演の目安をつけなければなりませんでした。

モスクワのディスコのコーディネーター出現

次にターニャは、一件のエージェントに会うアポイントをとりました。

私たちは彼らの事務所を訪れ、事情を話しましたが、舞台に興味は示したものの、当然のことながら、日にちがない中で彼らが何かをしてくれることはありませんでした。「次回、もし機会があれば」とありきたりの挨拶をして退出しました。

午後から私とターニャは、ターニャが手配してくれたディスコのコーディネーターに会うために、赤の広場中心部の喫茶店に向かいました。ターニャのいとこが俳優さんで、その方の紹介です。

このことをはじめとして、とにかくターニャは友人が多いということに驚かされます。そして彼女は常にプラス思考なのです。

ロシアのナイトビジネスのコーディネーターと聞いただけでマフィアを連想するようで、私は一体どんな強面のお兄さんがやってくるんだろうと緊張しながら待っていました。

ところが私たちの前に現れたのは、ハリー・ポッターによく似た清々しい感じのショートヘアーの女性、イリーナでした。

私は早速、彼女に公演のＤＶＤを見せながらこれまでの活動を説明しました。するとイリーナは、「あなたたちの舞台は、ディスコでやるべきではありません。ぜひ、劇場で公演するべきです。私がなんとか力を貸しましょう」と言ってくれたのです。

私は、本当に驚きました。このような切羽詰まった状況で、あとは人が集まるディスコでできるだけでもありがたいと思っていたのに、今から劇場公演をコーディネートしてくれる人が目の前に現れたのです。奇跡としか言いようがありません。

イリーナは、「あと五公演をなんとかしましょう。劇場を借りて、満席にするために集客もします。人に頼んだり、私が動いたりする経費がかかるので、そのための費用が五百ドルかかりますが、如何ですか」と言いました。宿泊、移動、人件費、何もかもが高いロシアのことです。もし、私がロシアに滞在して五公演を手配するなら、五百ドルでは到底足りないでしょう。今日、初めて会ったイリーナが、このような状況の仕事を引き受け、この金額で行ってくれるのは、ボランティアに近い金額だと私は思いました。

私たちはその足で、ホテルの予約、交渉に向かいました。

そのホテルは中心部から地下鉄で五駅、ほとんどモスクワセンター付近という、いい立地にある多くの部屋数があるホテルです。ターニャは責任者とアポイントをとっていました。

ホテルの総支配人の男性に会った私たちは、二十五名の四泊滞在について交渉したのです。事情を理解してくれた総支配人はツイン一部屋七十五ドルという、モスクワではあり得ない破格な価格を提示してくれました。こうして私たちは、各劇場へのアクセスも良く、大型バスが停車できるホテルを予約できたのです。すべてターニャのコンタクトと導きです。

劇団到着までの三日間

イリーナは彼女の仕事仲間のセルゲイさんと彼女がコンタクトできる劇場に働きかけ、公演のために動き出しました。

翌日、土曜日、私は、バスの予約のためにイーゴリーが電話帳で探した旅行会社を訪れることになりました。モスクワ郊外、シェレメチボ空港の近くにあるターニャのマンションからモスクワの中心部までは、バスと地下鉄を何度も乗り継いで三時間くらいかかります。

急角度で降りていくモスクワの地下鉄の古いエスカレーターは、到着点が見えない程長く続いています。まるで、そのまま奈落の底に通じているような感覚もあり、またロシア人の様々な顔が、無言で延々と列をなしているという光景は、日本人の私にとっては見慣れないものでした。早足のイーゴリーに小走りについて乗った電車の中では、二人の男性が延々と殴り合いをしていますが、誰も止めようとはしません。

初めて浅草の大衆演劇場を訪れた時には、下町の庶民的な雰囲気を実感しましたが、この時のモスクワの地下鉄は、ロシアの労働者階級の鬱積した雰囲気が凝縮しているようでした。世界を震撼させたあの爆弾テロから、まだ四か月しかたっていない地下鉄のホームには、日本人はおろかアジア人の姿さえ見かけることはありません。

目的の駅に着いて、しばらく歩き、さらに何度も細い路地を入った古いビルの一室が旅行会社でした。公演の日程を確認し、半分の金額を予約金として支払います。このへんぴな場所にある小さな旅行会社から本当にバスが来るのか、外国人の私には定かではありませんが、後はイーゴリーの交渉に委ねるしかありません。

旅行会社との契約を終えた私たちは、暗くなってからターニャのマンションのあるバス停に辿り着きました。激しい横なぐりの雨が降っています。

傘を売っている店はもう閉まっており、私とイーゴリーは、バス停からターニャのマンションまで約一キロの道のりを、雨の中、歩き始めました。

帰るまでに体の芯までずぶ濡れになるのではないかと思っていたら、夕闇にひっそりと佇む教会の前までさしかかると、あれだけ激しかった雨がぴたりと降りやみました。

今日は四月八日、ロシア正教のキリストの復活祭の日です。

朝出かける時には、何日間かの断食を終えた人々が教会で祝福を授けてもらうケーキを持って教会の回りを囲むように並び、賑わっていました。

ちょうど、マンションのすぐ手前で、草むらからチョロチョロと白い小さなねずみが出てきて、私たちにまとわりついてきました。食べ物を持っているせいでしょう。

イーゴリーが、跪いて手を差し出すと、白ねずみはその手に乗りました。ディズニー映画にでてくるねずみのように、今にも立ちあがって話しかけてきそうです。イーゴリーは言いました。「森に生きるものは、一つとして不必要なものはない。草木も動物たちもみな尊いものだよ。このねずみに食べ物をあげようか」

秋には、森でキノコを採って保存したり、森の動物と触れる生活を経験したことのあるイーゴリーと違い、森と言われても、一体どんなところなのか、私にはすぐに実感がわきません。手に野ねずみを乗せて餌を与えるなどということは、日本に暮らしていたら有り得ないことで、私は、そのねずみにどのように接していいのかわからず、内心動揺していました。

そして、ねずみに餌を与えることに対しての私の答えは「ＮＯ」でした。

イーゴリーは、白い小さなねずみを手から下ろし、ねずみは草むらへと戻っていきました。

しかし、後から思い返せば、こうした一つの出来事さえ、決して意味のないことは訪れないはずなのです。二度と巡ってこないであろう一瞬一瞬の出来事を、あるがままに受け入れなかったことを私は後悔しました。

ターニャの家に到着した私たちは、その日の出来事を報告し、少しずつ準備ができていくことを喜びあって、ターニャやセルゲイさんと遅い夕食を共にしました。

赤の広場にそびえる聖ワシリイ大聖堂。

劇場の手配に奔走してくれたイリーナと。

2004年　ロシア公演。

赤の広場での最終決断

私とイーゴリーが赤の広場に戻った時に、イリーナから電話が入りました。イリーナたちが、とうとう約束した五公演を手配できたというのです。集客も何もかも心配ないというのです。なんと素晴らしいニュースでしょう。私が日本を出発した四日前には、一粒の希望もなかったのに、こうしてモスクワにやってくることで、公演が実現できることになったのです。

イリーナが用意した劇場は、モスクワ近郊の約八百から千席のどれも素晴らしい劇場で、皆さんが私たちの公演を心待ちにしていてくれるそうです。しかし、限りある予算で、全部の劇場で公演をすることはできず、各劇場の使用料を聞き、取捨選択をしなければなりませんでした。

もう夜の九時だというのに、白夜が近づいているロシアは昼と変わらない明るさで、赤の広場の周りにあるベンチには、缶ビールを飲んだりポテトチップスを食べたりしている若者のグループやカップルが座っています。時々、四月初旬のさわやかな風が吹き抜けていきます。

イリーナの用意したすべての劇場で公演ができたら素晴らしいことですが、それをしてしまったら、手伝ってくれたターニャやイーゴリーに、お礼をすることができません。

私は、途方にくれて赤の広場に立ち尽くしました。

私はホテルではなく、個人宅に滞在しているので、滞在証明書がとれず、国際電話をかける携帯電話をレンタルすることができません。各劇場への返事のリミットはあと一時間ですが、日本にいる座長に電話して相談することができないのです。私は、イーゴリーに聞きました。

「どうしよう、どうしたらいいと思う?」

「MINEKO、僕に聞いても決められないよ。それは誰にも決められない。MINEKOにしか決められない」

それは、彼の言う通りです。本当は、答えは実はシンプルです。予算内に収めるためには、五公演の最後を、比較的劇場費の安い二百名の劇場にすればいいのです。その劇場は、劇場主がこの公演に大変好意的でした。舞台から客席までとても近いので、お客様に喜んでいただけそうです。そうすれば、ターニャとイーゴリーにも、お礼ができるのです。私はイリーナに電話して、最後の千名の劇場を断ってもらうことにしました。

翌月曜日は、イリーナが予約した劇場を回り、打ち合わせを行うことになりました。

私たちは毎晩夜中まで、キッチンでロシア風煮出しコーヒーを飲みながらミーティングしていましたが、ターニャのご主人セルゲイさんも大学の研究室での研究の傍ら、私たちをフォローしてくれます。後日セルゲイさんは「あの時はMINEKOの情熱に動かされてしまった」と言ってくれました。セルゲイさんは彼なりに何かできないかと、いつもテーブルの片隅に座って、私たちの話に真剣に耳を傾けてくれていたのです。

最初に予約したゼレノグラード市劇場への予約金を払うために、私はステファンを伴って劇場に向かいました。十六歳のステファンは、大金を両替しなければならない私を心配しています。比較的中央から離れているゼレノグラードでのスーパーマーケットの前では、人通りがなく、周りには誰も見当たりませんが、「ＭＩＮＥＫＯ、ここはロシアだから、そんな大金を持っていたら、どこで誰が見ているかわからない。とっても危ないんだよ」とあたりを見回します。

するとステファンは、「ＭＩＮＥＫＯ、僕が走って両替に行ってくるから、ここで待ってて」とおもむろに自分のジャンバーの懐にお金の入った封筒を入れて、あれよあれよと駆け出しました。私を残し強風に乗って遠ざかるステファンの細い体は、まるで風の又三郎のようです。どこに両替所があったのか知りませんが、無事両替して、十五分くらいで戻ってきました。

こうして、女性社長の厚意で貸していただくモスクワ郊外のゼレノグラード市劇場、二百名と小さいけれど親日家のオーナーがいる市内のシャローム劇場、ロシアの宇宙船開発者カラリョフ出身のカラリョフ市劇場までの五公演を、金曜日から実質四日で、準備することができたのです。

火曜日の夕方五時、私たちは、モスクワに到着する劇団を迎えるために、シェレメチボ空港へと向かいました。ロシア公演のために新調した、背中に劇団のシンボルフラワーが刺しゅうされているお揃いの赤いジャンバーを着た座長、劇団員たちが無事通関した荷物のカートを押して出てきます。

ロシアで行われる初めての公演は、ターニャ、イーゴリー、セルゲイさん、イリーナ、ステファン、それぞれの協力とチームワークで万全の初日を迎えることとなりました。

帰国後

ロシア公演を成功させて帰国し、急いで映像の編集をした座長と私は、公演に協賛いただいたシーボンにお礼のご挨拶に伺いました。

学校建設などにお金を出す企業はあっても、貧しい人々に喜んでいただくという形に残らない感動を届ける活動にお金を出してくださることは、通常は難しいでしょう。

しかし、今は無事成功したからこそ、実は公演十日前にキャンセルされて公演ができないかもしれない状況にあったことを、笑い話として報告することができるのです。

シーボンのロゴが入って美しく刷られたロシア公演パンフレットも、お年寄りをはじめとしたみなさんの手に渡りました。

準備をするのは、マネージャーの私の役目ですが、舞台で観客を喜ばせるのは、劇団員全員の力です。またカンボジアとはまったく違った内容のアクシデントを克服し、新しい海外公演を終えることができたのです。

新しい出発への決意

ロシア公演が終わって、翌月、私は、アルメニアのヨーグルト菌を輸入したいという健康食品関連の社長さんのグループ十人を連れて、再びエレヴァンを訪れました。そこでは、公演を全面的に応援してくれたヨーグルト菌の会社のデランヤンさん一家が温かく迎えてくれたのです。

社長のエドワードさん、奥さんのスサーナさん、薬学部の大学生だったマリアンナはお父さんの会社を手伝っていました。高校生だったアルチョームは大学の経済学部に通っています。スサーナさんのおいしい手作りのアルメニア料理をいただき、マリアンナの部屋に泊めてもらい、公演の時の思い出話に花が咲くのでした。

公演を重ねるたびに、一緒に困難を乗り越え喜びを共にした家族が世界中に増えていくようでした。


そして初夏を迎えるころ、カンボジアの三坂さんが日本にやってきました。息子さんに、自分の故郷をはじめとした父親の祖国を見せるのが目的です。劇団に何日か滞在していただき、車で浅草や日光へ案内しカンボジアの思い出話に花を咲かせたのです。

その頃の私は、大変困難と思われたカンボジアとロシア公演が無事成功したことで、自分の役割においての達成感を感じるとともに、「物には限りがある、一生心に残る美しい感動で架け橋を」という活動においての私の目的は十分遂げられたという思いが生まれていました。


私は訪れた国々で準備に携わる中、本当に厳しい環境で生きる子どもたちを目の当たりにしてきました。

そんな時、私は心の奥底で何度も繰り返しました。「小さくても子どもたちのために私のできることをしていきたい。待っていてね」と。

四十六歳の私は、今まで生きてきた中で私が受けた恩恵を、この子たちに返すような生き方をしたい、これまでの経験を生かし、残された人生で、自分なりのボランティアを行いたいという気持ちが強くなっていたのです。私はカンボジアの時と同じように、三坂さんの来訪が私に何かのターニングポイントを知らせる役目を持っているのかもしれないと感じていました。

私は座長に、「これまで大変お世話になりましたが、退団させていただきたい」と話しました。しかし、これまでマネージャーとして対外的な交渉を行ってきた私が退団することは、劇団に大変迷惑をかけることです。

何日も、長い時間をかけて座長と話し合った結果、あと半年間、十二月に予定しているスリランカ公演までお手伝いさせていただくことになったのです。

私は今まで多くのことを教えていただき、大変お世話になった劇団にお礼の気持ちを込めて、最後のスリランカ公演に携わることになったのです。

第十二章　スリランカ公演　二〇〇四年
―世界的ＳＦ作家アーサー・Ｃ・クラーク博士の夢と結ばれて―

劇団のマネージャーとしての最後の公演　スリランカへ

スリランカへの始まりは、私たちが海外で公演を行っているということを聞いた方から、近所に住んでいるスリランカ人のスニールさんを紹介していただいたことでした。

劇団から車で十分余りの町で、中古車販売の会社を経営しているスニールさんはスリランカのシンハラ族の族長の家系で、最初は空手の親善で来日したそうです。日本で事業を始めて十数年、日本人の奥さんと結婚して家庭を持っています。

それから仕事の合間を見ては、劇団に頻繁に打ち合わせにやってきたスニールさんの案内で、初めて会ってから約半年後の五月、座長と私、そして劇団の長年の支援者の二人と一緒にスリランカに出発したのです。

スリランカ最大の都市コロンボに到着した私たちは、スニールさんの案内で、公演に関わって下さる方々に会い、また行ける範囲の会場を下見し、日程と予算に合わせてスリランカ公演をスケジューリングしていきました。コロンボでは、バンダラナイケ国際会議場が第一候補です。

国際会議場は、通常は一般には貸し出さないのですが、スニールさんが政府の要人に働きかけることによって借りることができるようになりました。私たちは国際会議場の事務局を訪れ、公演の日程を予約し、次回、予約金を支払う書類にサインしたのです。

また、スニールさんの盟友で、今回の実施に様々な尽力をしてくださる建設副大臣の地元、コロンボから車で一時間程の町での野外公演も早々と決まりました。この町には五百人くらいの劇場がありますが、より多くの人に見ていただくために、サッカー場に舞台を作ろうという副大臣の提案に従うことにしました。あとは当日雨が降らないことを願うだけです。

そして、お坊さんが運営する孤児院、最後はスニールさんの出身地、スリランカ南端の小学校の校庭とその隣町の公会堂と、短い滞在に駆け足で視察してまわったのです。

偉大な作家アーサー・C・クラーク博士との出会い

公演を二か月後に控え、私は第一段階の準備のために一人でスリランカにやってきました。スニールさんの甥のスイーツが私のアシスタントで手伝ってくれます。

首都コロンボの美しい海岸線が続く道には、大小多くのホテルが立ち並び、海岸には、食べ物やおもちゃなどの露店が出て、多くの家族連れや人々が和む姿が見受けられます。

いつものように会場との打ち合わせや集客と、することが山積みでしたが、最後にポスターの最終手直しのためデザイン事務所を訪れたところ、デザインがどうしても納得いかず、デザイナーの隣に座ってつきっきりで手直しを始めました。やっと満足のいくところまでたどりつき、雨の降りしきる中、空港に急いだのですが、空港の手前で、私の乗った車の上を、その飛行機が飛び去っていったのです。週に二日しか飛ばない飛行機の時間を勘違いしていたため、日本に戻る飛行機に乗り遅れてしまいました。私の確認ミスです。


飛行機に乗り遅れるということは、明日予定していた名古屋のスポンサーとの大事なミーティングに出られないこと、そして、改めてチケットを買いなおさなければならない出費という大きな痛手が待っていることを意味しました。次の便が出るのは三日後ですから、逆立ちしても日本に帰れないのです。座長に謝りの電話を入れ、翌日、私は落ち込んだまま、次のチケットを買うために、スイーツの運転するランドクルーザーに乗って町に向かいました。

日本大使館の前で、スイーツが友達を見つけて車を止めました。

「やあどこに行くの？　街に行くんだったら乗っていく？」

車に乗ってきたのは、日本の筑波大学に留学したことがあるというチャーミーでした。飛行機のチケットを買いに行く道すがら、私はチャーミーにアーサー博士への思いを話しました。スリランカに最初に来た時に、「二〇〇一年宇宙の旅」を書いた世界的なSF作家アーサー・C・クラーク博士が住んでいると聞き、劇団が目指している未来の子どもたちのためにという目的と博士が未来に馳せた思いが、私の中でつながったのです。

博士が創立に関わった大学があるという噂を人づてに聞き、その大学で公演ができないものかと、ホテルで出会った日本の団体に所属する人物に頼み問い合わせてもらいましたが、会場がないなどの理由で断られたという返事が来るだけでした。それでも私は、どうしてもあきらめきれず、私たちと博士の思いを見えない握手で結びたいという思いを捨てることはできませんでした。

するとチャーミーが「それなら僕が、博士に会わせてあげるよ」と言ったのです。

驚いた私がよく聞いてみると、彼は博士の身の周りのお世話をする家政婦さんと知り合いなのだそうです。ですから彼女に頼めば、博士に会える可能性が高いというのです。

指定された日時に、私とチャーミーは白い塀に囲まれた大きな家に到着し、執事のような男性の案内でアーサー博士の家の中に入りました。

一番手前にロビーのような控えの間があり、そこには壁一面に賞状や写真が飾られ、トロフィー、盾、勲章が所狭しと並べられていました。

しばらくすると、チャーミーの知り合いで、アーサー博士の身の周りのお世話をしている家政婦さんが現れ、「まもなく博士がお昼寝から起きる時間ですから、そうしたら皆さんを書斎にご案内します」と言ってくれました。

緊張して書斎に入ると、博士は、よくイギリス映画で見るような本に囲まれた書斎の大きなデスクの向こう側に、車いすに座っていました。チェック柄の膝かけが印象的です。

銀縁の眼鏡をかけた博士は、にこにこと微笑んでいます。願っていたアーサー博士にお会いできたことに、私は感慨深い気持ちでいっぱいになりました。

私は私たちの劇団の活動について、そして、どうしてスリランカにやってきたかを、博士に話しました。そして、「未来の子どもたちのために」という劇団の活動主旨と博士の「二〇〇一年宇宙の旅」を目に見えない糸でつなぎたいと言いました。

博士が創立に関わったモラトゥワ大学で、私はスリランカの大学生たちに文化交流として、私たちの公演を見せたいと話しました。

博士は主旨を理解し、大学側に連絡をとるとおっしゃってくださいました。

博士は大変辛口でもあり、ユーモアがある方でした。私が一緒に写真を撮ってくださいと言ったら、「一枚、五ルピーね」と思いがけない答えが返ってきて、大笑いさせていただきました。三枚撮ったら、「十五ルピーだからね」と。その日は約一時間ほど書斎で笑いが絶えない時間を過ごしたのです。

博士がモラトゥワ大学に連絡を入れてくださったおかげで、私たちは大学の理事長とアポイントを取ることができ、アーサー博士につないでくれたチャーミーと、大学構内の立派な部屋で理事長にお会いし、公演許可をいただくことができました。

最初は私の独りよがりの発想でしかなかったことが叶ったのです。

モラトゥワ大学は、スリランカ中から技術系の優秀な学生が集まっている大学です。学生会が中心になって、この公演をサポートしてくれることになり、私は、学生会長をはじめとしたメンバーたちに紹介され、レストランで食事をしながらコミュニケーションをとることになりました。彼らが言うには、学生会のネットワークを使って、全スリランカの大学に呼びかけ、各大学から招待したいというのです。これからスリランカの未来を担っていく若い学生たちの代表に公演を見てもらえるなんて、夢のような展開です。

公演会場は大学の講堂です。早速下見に行くと、そこはがらくたが積み重ねられ、倉庫のように朽ち果てていました。

私は、ここで公演ができるのだろうかと思いました。

しかし、最初は公演できるような会場はないし、公演を受け入れることはないと断られたのに、今は私の前に「劇場」が出現し、そして公演を楽しみにしてくれる若いサポーターたちのキラキラした目に囲まれています。学生会長は「これらをすべて片づけて、多くの学生たちが見られるようにします」と言ってくれました。レンタル椅子を借りて、客席を作り、スリランカ中の大学の学生会に呼びかけてこの公演に招待するというのです。

このモラトゥワ大学で、スリランカ中の学生たちの代表に公演を見せることができるようになるなんて、やはり、私の思いは間違っていなかったと思いました。

彼らは早速、モラトゥワ大学公演のためのパンフレット製作にとりかかることになりました。

スリランカのライオンズクラブの協力

私は、スニールさんが懇意にしているホリデイ・イン・ホテルに比較的安く宿泊していました。ある日、ホテルのエレベーターに乗っていると、鮮やかなサリーを着た三人の婦人が乗り込んできたので、私は思わず「とてもきれいなサリーですね」と話しかけました。すると、彼女たちは「私たち、これからライオンズクラブのパーティに行くのよ」と言ったのです。

私は次の瞬間、そこに行かなくてはと思い、「私をそこに連れていってくださいませんか」とお願いしたのです。

「私はスリランカでボランティアの公演を行うために日本から来ているのです。ぜひ、ライオンズクラブの会長に会わせていただけませんか?」と。

パーティの準備をしている会場で、ライオンズクラブの会長に紹介していただき、「国際会議場で子どもたちを招待する公演を実施したいのですが、どうかライオンズクラブのお力を貸していただけませんか」とお願いしました。

会長は、「そんな素晴らしい公演に協力できるのは嬉しいです。まさにライオンズクラブの趣旨に適っています」と快諾してくださいました。

翌々日、私は会長の車で何軒もの孤児院を一気に案内していただきました。しっかりした建物の孤児院、川のほとりのバラックのような造りの孤児院、アットホームな小規模な孤児院、子どもたちの面倒を見ているお坊さんや代表に次々にお会いして、ご招待をしていったのです。

モラトゥワ大学学生会との共同作業

一方、モラトゥワ大学公演の準備も着々と進んでいました。

学生会長は意欲満々で、国際会議場をはじめとする公演のために素敵なパンフレットを作りたいと、表紙用の半透明の用紙に座長の華やかな写真を焼き付け、次のページにプログラムが載るという手の込んだ内容に着手しました。しかし、その半透明の紙は乾きが悪く、学生会のメンバーが全員総出で、印刷しては教室中に吊り下げているのですが、どう考えても公演日までに、何百枚ものパンフレットができるはずはありません。

スイーツの「まもなく」という言葉を信じて待っていた私でしたが、「三日後の公演に使うパンフレットが、夕方五時に出来上がるはずが、夜九時になっても見本さえ出来上がらない状況なので、とうとう大学の正門の前にやってきて、車の中で待機することにしました。

いいものを作りたいという彼らの思いは十分わかるのですが、間に合わなければ意味がないので、どこかで決断しなければなりません。

学生会と私の車を何度も往復し、「もうできるから」と連呼する、そばやの出前のように埒があかないスイーツにブチ切れた私は、とうとうスイーツの首を絞めて叫びました。

「いいかげんにしなさいよ。私が怒らないと思ってなめてるでしょう。パンフレットが間に合わないのなら、もうこれ以上お金は出せないからね。みんなが一生懸命きれいなものを作ろうとしているのはわかるけど、私には、公演を必ず実施しなければならない責任がある。これ以上待つことはできないのだから、今すぐにできるものを作りなさい。その凝ったデザインは止めなさーい」と最後通告しました。

そして、帰り路も分からないのに、怒り心頭に発している私は、その意志を表わすために一人で帰ってしまおうと車を降りて、真っ暗な田んぼのほうにすたすたと歩いていったのです。そうでもしないと延々とこのやりとりは終わらなかったのです。結局、間に合うようにデザインを変えて作ることになったのですが、スリランカでは目に見えるアクシデントではなく暖簾に腕押しのような、のらりくらりとした状況に陥ることが多く、なぜか他の国の時よりも手ごわかったのです。しかし私は、どんな状況でも立て直し、ベストの方法を見つけて、この公演を失敗させるわけにはいかないのです。

アーサー博士との再会

次にアーサー博士を訪れたのは、公演準備がほぼ整って、最後の仕上げをするために再びスリランカに来た時でした。モラトゥワ大学の講堂では設備が悪いため、ご高齢のアーサー博士には、多くの子どもたちが来る国際会議場での公演に来ていただこうと、招待状を持って博士を訪問しました。

私は、モラトゥワ大学での公演の準備が滞りなく行われていることのお礼を言って、一生懸命英文で書いた招待状を博士に渡しました。しかし、招待状を開いた博士の顔が曇り、私は「ドクターではなくサーだから」と、おっしゃったのです。

私は、フリーズしました。言葉もなく少し後ずさりしたかもしれません。女王陛下からナイトの称号をもらった方なのです。本当に失礼をしたということに申し訳なく、お詫びしました。

しかし、博士は、公演にきてくれることを約束してくださいました。

私は博士に、「博士、私は舞台化粧で変わってしまうのでわかりにくいかもしれませんが、ゴールドの衣装を着て、お花を持って踊りますから、絶対見てくださいね」と言いました。

博士は、にこにこと頷いていらっしゃいました。

建設副大臣自らが陣頭指揮を執って

スリランカでの最初の公演は、スニールさんの盟友の建設副大臣の地元、首都から車で約一時間の町クルネーガラで行うことになりました。副大臣は、若い時、大統領のボディガードを務めたこともある大統領からの信頼が大変厚いという要人です。

屋根のついた観客席を舞台にして、サッカーのグランドを客席に、控え室は、舞台の後ろにある荒れ果てたサッカー選手の着替え室ですが、忙しい副大臣自ら陣頭指揮を執って、準備を進めてくださいました。舞台上の板には継ぎ目があり、ささくれだっているので、シートを敷かないと危険です。副大臣がサッカー場の倉庫で敷物を見つけたから行ってみようというので、急いで見に行くと、雨風に打たれたぼろぼろの絨毯がでてきました。

まわりの商店を探しに行くのですが、田舎のことで適当なものが見つかりません。これはコロンボに戻ってから、絨毯屋を探すことになりましたが、こういった細かいこと一つ一つを大事にして、心配してくれる副大臣の真心をありがたく思いました。

また、ちょうど、近くの日本語学校でボランティアで日本語を教えているという日本人の男性がやってきました。公演となれば、いろいろなことが起こるので通訳が必要です。本番の日に通訳を手伝っていただくことになりました。

劇団員が町に到着すると、昼食はブッフェレストランでおいしいスリランカ料理をいただき、公演中は軽い食事がいい、できたら菓子パンなどでとお願いしたら、副大臣の奥様がトーストにジャムやバターを塗ったものを差し入れしてくれたのです。

いよいよ会場の手前に来ると、歓迎の横断幕が高々と掲げられ、スリランカの民族舞踊の一団が私たちの来訪を賑やかに迎えてくれました。スリランカ古来の笛や太鼓や、道の上で次々と回転する曲芸師たちが、まるでこの地の先祖たちが喜んでいるように、私たちの行く道を清めるように、先導してお祝いしてくれたのです。

そのせいかどうか、町に近づいていた黒い雨雲はその歩みを止め、隣町では土砂降りなのに、サッカー場の周りだけ、公演が終わるまでは雨が降らなかったという現象が起こりました。

国際会議場での公演

地方公演は人が集まりやすい野外舞台を準備するため、集客は心配ないのですが、コロンボのバンダラナイケ国際会議場では昼夜二回公演の集客が心配されました。

しかし、それも、ライオンズクラブの会長と回った孤児院の子どもたちや、日本語学校の生徒たち、一般市民、政府関係者と、少しずつ足を運ぶことで席が埋まっていきました。

普段、孤児院と学校を行き来しているだけの子どもたちは、バスに乗ってどこかに出かけるというのは生まれて初めての経験だそうです。

ですから、ライオンズクラブの会長は、長時間のバス移動に続いて劇場に入ると子どもたちが疲れてしまうし、おなかも減るだろうから、入場前に子どもたちに、サンドイッチと飲み物をあげたほうがいいと言ってくれたのです。これは緊張を少しでも和らげようという心遣いでもあります。そしてそのサンドイッチの用意と子どもたちへの手渡しをライオンズクラブがしてくださることになりました。

公演当日を迎え、孤児院の子どもたちのバスが、着々と会議場に到着し始めました。

私は、サンドイッチを受け取って劇場に入場する子どもたちの様子を確認したあと、公演開始三十分前に、やっと楽屋に戻ることができ、ぎりぎりの時間で自分の化粧を始めました。

すると、楽屋に「今、アーサー博士が、劇場に到着した」というアナウンスが入りました。

アーサー博士が来場したことで一番驚いたのは、スリランカの人々だそうです。公の場所に現れることはほとんどないと言われている博士が、劇場に車いすで現れたのです。招待されていた大臣はじめ、一般の人々は、世界的な作家がスリランカに住んでいることは知っていても、博士に直に会う機会はないそうです。会場全体が驚きと喜びを以て、博士を迎えている様子は、ビデオに収められました。

前列に大臣や政府関係者が座っているため、警備の都合上、私が一番見てほしい子どもたちは、残念ながら後列の席になってしまいました。

それでもほぼ満席になった国際会議場は、子どもたちの熱気に包まれています。

スリランカ舞踊の方々に、DVDで公演を説明。

いつものように、華やかな花魁ショーで舞台の幕が開きました。最初の出番が終わり、楽屋に戻った私は、まず、かつらを外し、侍の羽織袴の衣装を脱いで、自分のソロの衣装へと着替えていきます。烏帽子をかぶるために、髪をアップに整えて、化粧も幻想的な演目に合うように、紫のアイシャドーを入れ、目元にラメの粉を載せます。最後にゴールドのうちかけをはおると、天界の皇子に変身します。

暗転の中、舞台のセンターに板つきになった私の足元にスモークが流れ、曲が始まると同時にピンスポットがあたり、徐々に大きくなっていきます。花の首飾りを手に、会場全体に天の祝福を授けるような気持ちで舞う私を最後に天女たちが取り囲み、私は舞台上手へと引いていくのです。上手舞台袖に向かった私は、普段なら何事もなく通過するその方向に、車いすに座ったアーサー博士の姿を捉えました。

一瞬私は、博士はずっとここで見ていたのかと思いました。しかし、博士は、私が踊り終わるのを見計らって、客席から舞台袖に移動してきたのでした。

「博士、来てくださったんですね。ありがとうございます」

「約束通り、ちゃんと君の踊りを見たよ」

私は博士と握手をしました。家政婦さんに車いすを押されていく博士を見送った後、楽屋に戻り、化粧台の前に膝から崩れ落ちるように座りこんだ私の目から、涙が溢れてきました。

最初は、未来の子どもたちへの夢が紡がれるのではないかという私の思いから始まりました。

最初は、これを実現するためのなんのつてもなく、どこにお願いしても断られました。それでも、私はあきらめきれなかったのです。

今日、博士はこうして来てくださり、劇団の一マネージャーの私に、ここまで礼を尽くしてくれたのです。私は、博士が関わったモラトゥワ大学で公演させてほしいとは思いましたが、博士に会うことなどは夢にも思ってもみなかったのです。

まるで白紙のページに登場人物が描かれ、その人が本から歩み出て、私に話しかけてくれたような気持ちです。車いすの不自由な体で、なお、私に挨拶をするために舞台袖まで来てくださった。これ以上の温かい礼の尽くし方があるのでしょうか。その人の行動は、その人の心であり生き方です。私にとっては無言の尊い教えでもありました。博士は舞台袖からそのまま帰られたそうで、劇場にいたのは三十分ぐらいだったそうです。

モラトゥワ大学公演

モラトゥワ大学公演の朝、構内のところどころに公演のポスターが貼られていました。会場となる講堂にあったがらくたは見事きれいに片づけられ、掃除されて、見違えるようになっていました。これからレンタル椅子が運び込まれます。

それでも私は学生会のメンバーに、いい公演ができるようにもっときれいにしなくてはと細かいところまで掃除や雑巾がけを頼んで、万全の支度を整えます。

劇団員の着替えをする楽屋は外の渡り廊下になります。青いビニールシートを張って目隠しをし、蚊に刺されないように蚊取り線香を焚きます。舞台は、持ってきた幕を一枚だけセットし、音響台は舞台の正面に設置しました。開演が近づくと講堂の中は、オープニングを待ちきれないスリランカを代表する若者たちのざわめきと期待感ではちきれそうになってきました。

レンタル椅子にも座れないくらい会場にあふれかえった観客たちの熱狂は、今も私の脳裏に鮮やかに浮かび上がります。このモラトゥワ大学公演は、客席と舞台が最も一体となった素晴らしい公演と言えるでしょう。

公演が終わると、ここまで協力してくれた学生会のメンバーとの名残を惜しまれました。色々あったけれどパンフレットを作ってくれたメンバーたち、掃除をしてくれたメンバー、お弁当を買い出し、水を買いに走ったメンバー、一人一人の熱意と協力が作り上げた公演です。

総勢約五十名と記念撮影をし、講堂に響き渡る大声で久々に「好きになった人」を合唱して、彼らにプレゼントしながら、いつまでも名残がつきない会場をあとにしたのです。

スリランカ南端の村、小学校の校庭での歓迎

首都からスリランカの美しい海岸線を走り、バスに揺られて約十時間、途中の道には、ところどころで市が開かれ、のどかな人々で賑わっています。

途中、デバラーワワ町で公演を行い、私たちはとうとう「光輝く島」を意味するという「スリ

スリランカの学生の代表が集まったモラトゥワ大学での公演。

スリランカ南端アンバントタの小学校で、私たちを迎える子どもたち。

スリランカ南端アンバントタの小学校校庭に集まった観客。

ランカ」の南端の町ハンバントタに到着しました。

会場の小学校に入る前に、バスを止めて美しい海岸に降り立つと、目前に広がるインド洋の波打ち際に全員が走り寄り、この美しい海に公演の成功をお願いしたのです。

私たちのバスが小学校に到着すると、待ちかねた大勢の小学生たちから歓声があがりました。賑やかなスリランカの音楽とともに子どもたちの笑顔の間を進む私たちに、四方八方から小さな手が伸びてきて握手の嵐、嬉しいひと時です。

しかし、ここで問題が起こりました。この南端の小学校で公演するために、大統領府が持っている移動ステージを借り、それを遠くコロンボから運んでもらっていましたが、途中の大雨でステージを載せたトラックが故障し、かわりの運搬トラックを手配するのに時間がかかっていると言うのです。

ステージの周りには、スニールさんの声かけで、舞台を組み立てるための大勢の助っ人が集まって、トラックの到着を待ってくれています。

この町には、公演前日と公演後の二泊泊まることになっていました。ところが、用意されたホテルは、シャワーがちょろちょろとしか出ないのです。これでは、明日の公演が終わった後に、手足に塗った白塗り化粧が落とせなくなってしまいます。

急遽、他のホテルをあたることにして、私はスニールさんの車でホテルを飛び出し、近隣に探しに出かけました。明け方まで何軒か走り回って、やっと適当なホテルを見つけて価格の交渉をし、翌日は、そちらに移動することになりました。

心配されたトラックが一晩遅れで到着し、急いで舞台作りが始まりました。炎天下のことですから、私は近所の商店で水を大量に買い込み、手伝いの人々に配ります。舞台の出来上がりに合わせて、楽屋も作られていきます。まずは、座長の場所が決められ鏡が置かれます。女形を踊る座長は衣裳の支度が大変です。また、最も出番が多く、立ち回りや激しい動きが多い若座長の場所が決定します。座長と若座長には専任の着つけがいます。そして、若座長と一緒に踊るグループと、座長の長女がリーダーを務める天女グループの位置が決まります。

狭い舞台袖の楽屋はいっぱいで、全員が入りきれなくなってしまい、出番の少ない道化役のメンバーと私は、バスの中で化粧と着替えをすることになりました。ところが、ここが殊のほか、思いがけなく最高の場所だったのです。もともとバスを舞台に横付けしたのは、夜とはいえ、暑い気候の中で舞台を務めるため、舞台で汗をかいたあと冷房を効かせたバスの中に飛び込む目的だったのです。そこで、最初から化粧ができる私たちはラッキーです。

鏡を覗き込む私は、男役のきれいな化粧、ところが思わずぷっと吹き出してしまうようないいエッセンスを醸し出す道化役の彼女は、赤鼻の田吾作化粧、スリランカの南端までやってきて、バスの中で対照的な化粧をする私たちの置かれた状況に、私はおかしくて、笑いが止まらず、彼女と一緒に大笑いしてしまいました。夕方から大勢の人々を迎えた公演は子どもたちの熱狂的な声援と共に無事終わり、これでスリランカの公演はすべて終了しました。

小学校の校庭の舞台は、次々と片づけが始まりました。最後の公演なので、移動のための梱包ではなく、飛行機に載せるための荷造りが必要となります。かつらを箱に収め、ひもでしっかりと固定して結びます。衣装を畳んでクリアケースに入れ、さらに段ボール箱に収納してテーピングします。しかし、私は、その動きとは別に、ステージの絨毯も取り外された床に座って、繰り返しスリランカルピーのお札を数えていました。経費の計算が、どうしても合わないのです。

三十名のメンバーが参加し、約七日間でスリランカ各地で八回の公演を行う全予算は、飛行機代を除いて約三百万円です。座長からそのお金を預る私には、赤字にならないように動かしていく責任があります。最初に準備費、劇場費、移動費、宿泊費、宣伝広告費、食事代、お礼などの予算を立てます。現地での突発的な出費、誤差はどうしても出てきますが、最終公演が終わった今、何度計算しても、最後の支払いのために五百ドルも足りないのです。公演が成功しても赤字を出したら意味がありません。公演の準備から実施を滞りなく行い、予算内に収めることが、私がするべき仕事です。何度も計算しなおしている私に、座長が心配してお水を届けてくれました。

その時、やっと思い出すことができました。国際会議場の料金が最初の話と食い違って、五百ドルも高くなってしまったのです。いろいろなことがあり、それをメモすることを忘れていたことに気づいたのです。しかし、これは予想外の出費なので、座長に報告できる収支内容を作成することができました。

すべての荷物の積み込みが終わり出発しようとした時に、バスがぬかるみにはまってしまい、動かなくなってしまいました。バスとトラックを太いロープでつなぎ、スリランカのスタッフと劇団員が全員で力を合わせ、引っ張ることになりました。長丁場の公演を一緒に行ってきたスリランカ人スタッフと私たちの最後の共同作業です。呼吸を合わせて、何度目かの引きでバスが動いた時、全員から拍手が起こり、皆が肩をたたいて抱き合いました。

南端の小学校の公演で、スリランカのすべての公演を終えた劇団員を乗せたバスが、コロンボに向かって走り出しました。炎天下の中、強行軍の舞台を務めた全員が、公演の疲れで、まるで死んだように眠っています。しかし、私は、体の疲れとは反対に、頭が冴えわたり、一睡もせずに一番前の座席に、座っていました。このバスが無事にコロンボに着くまでは、私が守らなくてはという気持ちでした。

スリランカ公演は、言葉でうまく表現できませんが、今までの国と違う意味で、目には見えない手強さを感じた公演でした。しかし、私は、この公演を無事やり遂げたということを全身で感じていました。

アーサー博士との縁

一緒に写真を撮るたびに「一枚五ルピーね」とお茶目にウインクしていたアーサー博士の眼鏡の奥の笑顔が思い出されます。後日、聞いたところによると、博士は写真に撮られるのが、本当はあまりお好きではなかったそうです。

博士は、ある日突然やってきて一方的に自分の夢を熱く語った女の子（私のことを女の子と言っていました）に驚いたそうです。

博士は、あまりにも有名になってしまったために、日頃、人々から普通に接してもらうことがほとんどなかったそうです。ですから私が、博士に気を遣うどころが、自分の思いを一生懸命話すことにとても驚き、また嬉しく感じてくださったそうなのです。

博士は、最後に「八方破れな女の子、君にはなくすものは何もないだろう。これからも何も恐れることなく、君らしく生きていきなさい」と言いました。

私は、アーサー博士が他界されたことを、二〇〇八年五月、モスクワからの飛行機の中、新聞で知りました。その後、私は、博士が、いつまた私が突然訪ねてくるかもしれないと楽しみにしていらしたということを聞いて、胸が熱くなる思いでした。

人の思い、真心は無限な大きさを持っているのではないでしょうか。

スマトラ沖大地震

私たちが帰国した数週間後に、スマトラ沖大地震が発生しました。

送られてきた地震直後の映像では、私たちの泊まったホテルは跡形もなく消え、そこはまったくの更地になっていました。私たちの公演を行った小学校では、地震の発生が昼の時間だったので、学校にいた子どもたちだけは助かったことが唯一の救いです。

劇団からの旅立ち

スリランカ公演が終わり、私は足かけ七年間在籍した劇団に別れを告げて、新たな人生へのスタートを切ることになりました。思い返せば、どんな時も真の愛情を持って厳しく指導してくださった座長との関わりや公演を通しての様々なシーンが蘇ります。人生で最も重要な時期を過ごさせていただき、かけがえのない財産をいただきました。

第十三章　新しい出発

三十一歳で離婚した時、四十歳でボランティア生活に入った時、そして今回劇団を辞めて、私は人生で三度目の出発をしようとしています。

年齢を経ると経験による予測ができるようにもなり、若い時に比べれば、大きな不安や恐れは少ないと言えるでしょう。しかし、自分の意思を通して生きるということは、いずれも安易なものではなく、関わった人々を傷つけてしまうことをどうしても避けて通れないことや、何がしかの痛みとリスクを伴うものです。そういった思いを抱えながらも、私は、どうしても自分のやりたいことをあきらめることはできず、前に進むことを選ぶのです。

私は最後のスリランカ公演を無事に終えたら、まずイーゴリーに会うためにベラルーシに行き、誕生日と新年をゆっくり過ごすと固く心に決めていました。日本とベラルーシと離れ、次はいつ会えるかもわからない私たちでしたが、カンボジア公演の困難にぶつかった時、スリランカで神経をすり減らしていた時、私を受け止め、励ましてくれた彼の温かさは、まるで陽だまりで胸を広げて待っていてくれるおじいちゃんのように、私の心の拠りどころとなり、私たちは、同じ時間を乗り越えた同志になっていました。

モスクワへの出発前日、私の元に、郡山の弟夫婦から宅配便が届きました。そこには、「お疲れ様でした。どうぞ長年の疲れを癒し、ゆっくり休んできてください」という手紙とともに、暖かいフリースのパジャマと三万円が入っていました。私がボランティアをしていることで、新興宗教に入ったのではないかと人の口に上り、弟たちが肩身の狭い思いをしていたということを聞いていましたが、そのことで弟が私に愚痴をこぼすことは一度もありませんでした。

長いボランティア生活で蓄えなどなくベラルーシ行きのチケットを買った私は、新しい門出に届いた弟たちの精一杯の真心を胸に抱きしめました。

翌日、記録的な大雪が降りしきる中、私は一人キャリーバッグを引いて、茨城の田舎のバス停に立っていました。大きくてふわふわした雪に足跡を刻みながら進み、交通機関が止まる寸前に電車を乗りつぎ、やっとの思いで成田に辿りつきました。

イーゴリーからもらった手紙をバッグに、次の出発へのリセットのためにベラルーシへ飛び立ったのです。

座長から送り出され劇団を退団した私は、茨城県の家賃五万円のアパートで一人暮らしを始めました。

そして座長とともにシーボンに就職のお願いに伺い、広報顧問として働かせて頂けることになったのです。

茨城から六本木にあるシーボンまで、片道三時間近くになる通勤が始まりました。六本木ではランチの価格が高いし、コンビニの弁当だと体にも良くないので、朝五時に起きてお弁当を詰め、ローカル線から日比谷線まで立ちっぱなしの満員電車を四回乗り継いで、やっと職場に到着する毎日です。役員の方が心配して、「菊池先生は顧問なんだから、朝九時に出社しなくてもいいんですよ。家が遠いんだし、もう少しゆっくりいらしてくださいね」と言ってくださいました。しかし、私は、このような私を雇ってくれたことがありがたくて、ゆっくり出社するということはできず、やはり、毎日九時に出社していました。

四十代の働き盛りに七年間もボランティアをしていた私は、まず、通常の社会に復帰し、そして、今までの経験を糧に、私のボランティアをするために、新たな人生に向かって歩きだそうとしていました。

入社して半年ほど経った頃、私は社長からお話をいただき、美容教育に本格的に取り組むために、美容課の責任者を任せて頂くようになりました。

それは美容課の慰安旅行で沖縄に行った時のことでした。

夜の食事会で同席になった犬塚会長は、私に言いました。

「君は、これまでいつもあえて厳しい道を歩いてきたね。そんなに厳しい道を選ばなくても、もっと楽に生きる道があるだろうにといつも思っていたよ。でも、これからは幸せになってね」

三十二歳で会長と初めてお会いしてから十五年が経っていました。今までにそんなことを言ったことは一度もなかった会長の言葉に私は驚きました。自分では必死に生きてきただけだけれど、それは傍から見れば随分厳しい生き方だったんだ、そうかもしれないなと思うと同時に、私のことをずっと見ていてくれた人がいることに驚きました。

他の人の手前、私は涙が溢れないようこらえるのに精一杯でした。


年が明けて春の訪れが感じられるようになった頃、私は、カンボジア公演へ導いてくれた真理子さんの訃報を受け取りました。式場には、真理子さんのカンボジアでの活動の写真が飾られ、ボランテイア関係者を始めとした多くの人々が最後のお別れに訪れていました。結婚して、今は日本に住んでいるセーラとも悲しみの再会をしました。

私は、天国へ旅立つ真理子さんに、「カンボジアに学校を作る先達であった真理子さん、全速力で走り抜けたあなたのおかげで、どれだけ多くの子供たちの未来への道がつながったことでしょう。命が続く限りあなたが見せてくれた真心、あなたの生き様が尊い教えです。ありがとう、安らかにお休みください」と語りかけました。

私は劇団を辞めた以上、劇団でおつきあいのあった方々に私から連絡を差し上げることはしませんでしたが、七年間もマネージャーをしていたので、何人かの方からは、急な退団を驚きお電話をいただくことがありました。

そんな中で、思いがけなくキム・シンさんをプロデュースする山本京子さんからお電話をいただきました。山本京子さんとキム・シンさんとは十年前にお会いしてから、「いつくしみ」やその他の曲を舞台で使わせていただくという劇団とのおつきあいがありました。

京子さんは「海外公演から帰ると、いつも座長にお招きいただいて、おいしい御馳走をいただきながら、公演で起きた出来事を聞くのがとっても楽しみだったのよ。そんなに大変なことが次々といっぱい起こったんだぁってね。座長は、お客様がどうしたら喜んでくれるだろうという想像力を駆使して、おもてなしをする素晴らしい方でしょ。その座長にいろいろなことを教えていただいたのだから、新しい出発で、あなたらしく発信していけたらいいわね。応援させて下さいね」と言ってくださいました。

新しい道を歩き始めた私でしたが、立ちっぱなしの三時間通勤に疲れた仕事帰りに、流石に綿のように身体の感覚と思考がなくなり、ふーっとこのまま線路に降りて歩いていったら楽になるかもしれないと思ったこともありました。そんな私を感じ、励ましてくださる京子さんの温かさが伝わってきて、私を心配してくれている人がいることを知り、ぽろぽろと泣いてしまいました。

しかし、こういった様々な気持ちを味わうということは、きっと同じ気持ちを持つ人の心を理解できるようになる日が来るのかもしれない、すべてのことは決して無駄ではないということを知る時が必ずやってくると思っていました。

二〇〇六年はチェルノブイリの放射能事故から二十年を迎える年で、事故のあった四月が近づくにつれ、テレビや新聞で放射能汚染地の現況を伝える数多くの特集が組まれていました。

放射能の危険を知らされずに事故直後の処理にあたった消防士たちの働きや、そのために被曝して亡くなった様子、残された家族の状況などが伝えられ、封印できない放射能の存在を考えさせられるのでした。事故が起きた時、キム・シンさんに、傷ついた子どもたちの心を慰める曲の作曲をお願いされた方がいたそうです。直接は何もできないけれど、せめて人々の心が癒されますようにという祈りを込めて。そうして生まれたのが「いつくしみ」です。

京子さんは、言いました。

「劇団が海外公演のたびに、キムさんの音楽を世界中の人たちに届けて下さることを、いつもありがたいと思っていたの。あの事故から二十年が経っても、未だに放射能に汚染されて苦しんでいるなんて……キムさんがベラルーシに行って『いつくしみ』を演奏したら、少しでも励ますことができるんじゃないかしら。みねちゃん、ぜひ、私たちをベラルーシに連れていって。そして多くの人をこの曲で包んで差しあげられるように、あなたの力を貸してください」と。

私は、京子さんの切なる思いを深く理解することができました。そして、もし私でできることがあるなら、お役に立ちたいとも思いました。私はイーゴリーに相談をして、ベラルーシでキム・シンさんの公演ができるようにお願いしました。

人口約九百八十八万人、国土は日本の約半分、画家シャガールの出身地として有名なベラルーシ共和国は、白ロシア人民族の祖として大変芸術性が高く古い文化を持っています。

国際郵便で送ったキム・シンさんのCDを聞いたイーゴリーから、ベラルーシにはキム・シンさんのシンセサイザーシンフォニーというスタイルの音楽はないので、果たしてベラルーシの人々が八千キロ離れた日本からやってくる演奏家の未知の音楽を受け入れてくれるか、どのように感じるか分からないと言ってきました。そんな一抹の不安を持ちながらも、イーゴリーの協力で準備が始まったのです。

メンバーは、キム・シンさん、山本京子さん、京子さんの息子さんで音響担当の弘人君、スマトラ沖地震で被災したタイのナムケン村を訪れるなどのキム・シンさんの海外での演奏会活動をずっと撮影している神保君、そして私の五人です。

チェルノブイリ原発事故から二十年のベラルーシ共和国へ「いつくしみ」を

公演を一か月後に控えた四月上旬、イーゴリーからメールがきました。

「今日、スポンサーは公演についての契約を実行してくれました。我々はキム・シン公演の広告キャンペーンのために五千ドルをお願いしていましたが、JTインターナショナルのブラスニコフ氏は、広告のボリュームと期間を拡大するために一万ドルを用意してくれました。この大きな計らいに私たちは驚きました。今週、スポンサーは広告エージェントにお金を払います、そして、テレビでの二十秒スポットなどの広告キャンペーンを開始します」

ベラルーシでの一万ドルは大変大きなお金と言えるでしょう。

途中、日程の変更などの問題を乗り越え、ベラルーシ側との数か月のやりとりの後、私たちはきっとベラルーシの人々が喜んでくれるに違いないという期待を胸に、五月二十一日、とうとう日本を出発しました。一九九八年に始まった放射能汚染地の村々を中心にした私のベラルーシ共和国への訪問は、六回を数えていました。モスクワのシェレメチボ空港内のノボテルホテルに一泊して、いよいよベラビア航空の小さな機内に身を置き、ミンスクへと飛び立ったのです。

ベラルーシの空港で私たちを待っていたのは、イーゴリーと通訳の古澤さんです。古澤さんはベラルーシの女性と結婚して、大学で日本語を教えながら通訳をしています。ベラルーシに住んでいる日本人は二十数名と大変少なく、旅行者も週に一人くらいだそうで、勿論、この日到着した日本人は私たち五人だけでした。

ホテルにチェックインして真っ先に向かったのが、町の中心部にある国立劇場です。できるだけ希望の機種に近いシンセサイザーを探してくれたとは聞いていましたが、心配でした。

イーゴリーに案内されて、ベラルーシで一番立派な劇場「Palace of Republic」の一室を訪れると、シンセサイザー、音響の機械が一式用意されていました。中には、大統領のオーケストラから借りてきたものもあるということです。

音響のチーフ、ゲーナさんから詳しい説明を受け、いつも使っている機材と若干の違いはあるものの、問題なくコンサートができることに一安心したのでした。

今回のコンサートは、事故から二十年たった放射能汚染地域に「いつくしみ」を届けることが目的です。この曲からは「天上界から舞い降りた天使が子どもたちの傷ついた羽を優しく包んで癒してくれる」そのようなメッセージが流れてくるようです。

コンサートは、Mogilev（モギリョフ）市、Homel（ホメル）市、Mozir（モジール）市、そして最後がミンスクで一番大きい大統領の劇場「Palace of Republic（パレスオブリパブリック）」というスケジュールになっています。

地方の三都市はウクライナのチェルノブイリ原発に近く、いまだに多くの放射能が残っていると言われていますが、人々は他に移住することもできず、そこに住み、子どもを育て、生活しています。

今回は、そういった地方都市三か所を回り、その各劇場で約千人、ミンスクの劇場で二千人の収容人数を予定し、一般市民の方々や、日本語を勉強している学生、芸術家たちがコンサートに来場します。遠く日本から演奏家が訪ねてきてくれるということで、各市町村を挙げて歓迎して

美しいミンスク市街。

Russia
Latvia
Lithuania
Belarus
Poland
Minsk
Mogilev
放射能汚染
エリア
Rechitca
Homel
Mozir
Chernobyl
Ukraine

くださっているそうです。

イーゴリーの努力で、ベラルーシ音楽協会からの招待、この文化交流の趣旨に賛同したＪＴインターナショナルが公演のスポンサーになり、広告宣伝、劇場など、移動経費、もろもろの公演費用を出してくれます。しかし、私たちが到着した時点で集客は満席にはほど遠く、特にミンスクの劇場では、二千人の収容に対し、まだ七百人くらいということで、せっかくの席を空かさないようにとイーゴリーと相棒のゼナさんが奔走していたのでした。

最初の公演は、ミンスクからほど近いモギリョフ市の劇場です。いよいよ公演の音響の準備が始まり、私は準備を含めた記録写真を撮っていると、京子さんが、「みねちゃんの感性で画面を構成してくれる？」と声をかけてくれました。ステージにはスクリーンを用意し、曲のイメージに合わせて日本の祭りや富士山、桜を映し出せるように組んでいます。

八千キロ離れた国日本を人々の心に伝えることができるようにと、曲のイメージに合った画面を細かく選んで、ミキサーさんに、ここからここまでをこの曲のここでと細かく指定してお願いしました。

夕方になると、若い女の子のグループ、年配のご夫婦等、三々五々人々が集まり、劇場は、開演時間になっても、幕が開けられないほどのお客様で溢れました。

キム・シンさんは、「音楽で地球を丸ごと包みたい」という想いでコンサート活動を続け、その壮大な夢は人から人へ伝わり、宇宙飛行士の若田光一さんにまで届きました。

Palace of Republicの前の公演ポスター（左）。

りんごの花が満開、のどかな田園風景。

そして、何と、キム・シンさんのＣＤ「久遠の宇宙」は、スペースシャトルに乗って十四日間、まさにぐるぐると地球を回り、その想いが叶ったのです。

大型スクリーンに映し出される雄大な宇宙の映像と共に、「久遠の宇宙」でコンサートが始まりました。

ベラルーシでの初めての公演に、お客様が一体どんな反応をするのか、急いで打ち合わせた照明は大丈夫か、映像のイメージはフィットしているか等々、京子さんも私もどきどきしながら進行を見守っていました。

キム・シンさんと音響の弘人君が生み出すクリスタルな音に、客席はしだいに水を打ったように静かになり、みんなの心が一つになっていきました。時には目頭を押さえて聴いている人もいます。

後半で「さくらさくら」の次に、キム・シンさんが「皆さんにプレゼントします」と言って、突然「百万本のバラ」を演奏すると、客席のそこかしこから笑みがこぼれ、手拍子が始まりました。日本の演奏家が、ベラルーシ人が最も親しんでいる曲を演奏してくれたという、人々の喜んでいる気持ちが伝わってきます。メインの「いつくしみ」「ナビヤ」の演奏が終わると、スタンディングオベーションの拍手と熱気に包まれる会場で、アンコール曲を演奏し、ベラルーシでの初めての公演は大成功で幕を下ろしました。

キムさんが楽屋に戻ると大勢の人々が詰めかけてきました。

「百万本のバラ」に手拍子する人々。

四季の桜の映像を背景に「さくらさくら」演奏。

「私は、生まれて初めてこのような曲を聴きました」という若い女の子や「私は、若い時にハバロフスクに住んでいたことがあるんですが、今日は自然に涙がにじんできました」という妙齢のご婦人……。そしてCDを買いたいという声が殺到しました。

しかし、CDの販売許可を取っていませんし、ベラルーシでは、CDは五ドルくらいだそうで日本の価格とは差があります。予想もしなかったうれしい出来事に、京子さんが片目をつぶると、キムさんは「この一枚を皆さんでコピーしてください」と対応しました。

最初の公演が大成功を収め、安心した私は、イーゴリーにお礼を言って、もうすっかり全部大丈夫のような気持ちになっていましたが、彼は「最後まで何が起こるかわからないから」と慎重に構えています。それを聞いて、彼は口には出さないけれど、様々な交渉、劇場の用意、客席を埋めること、数か月前からここまで準備をするためには、ひとかたならぬ苦労があっただろうことを思い、ありがたい気持ちでいっぱいになりました。

平和で何もかもが便利な日本とはまったく違うお国柄です。これまで、私が各国を訪れた経験からも、やはりすべてが終わるまで予断は許せないという気持ちになりました。

サナトリウムでの出会い

翌日ホメリ市の公演が終わってから、夜中に市が手配した宿泊所に到着すると、そこは随分古い施設でした。部屋は、洗いざらしをとうに通り越して擦り切れる直前のベッドカバーとシー

先生の指導で規律正しく食事する子どもたち。

ロビーでの子どもたちとの交流。

ツ、剥がれ落ちたタイル壁には古い小さな湯沸かし器、足元はぼろぼろのラバーマットだけというバスルーム。私は、以前の経験から慣れてはいるけれど、イーゴリーが、キム・シンさんがベラルーシまで来てくださっているのに申し訳ないと言って、他のホテルをあたってみると言いました。でも、時間も遅いし、ここもベラルーシらしい風情があっていいじゃないのということになり、そのまま泊まることにしました。

翌朝、朝食のダイニングルームに向かう途中で、廊下や広場や階段で大勢の子どもたちを見かけます。嬉しいやらびっくりするやらで、イーゴリーに聞いてみると、ここは子どもたちが保養を兼ねて滞在するサナトリウムでした。放射能の影響が残るベラルーシには、子どもたちが、一定期間保養のために滞在するサナトリウムという施設があるのです。ダイニングルーム一面に三百人くらいの子どもたちがいて、先生の指導のもと、とてもお行儀よく朝食をとっています。彼らにとっても日本人は珍しいので、そのうち、ロビーを通りかかった子どもたちと会話が始まりました。最近はベラルーシの学校で英語を教えているので、人懐こく片言の英語で自己紹介したり話しかけてきます。

時々会話に詰まると、子どもたちは引率のスヴェトラーナ先生に助けを求めます。

そうしているうちに、集会所でキムさんのCDコンサートをしようということになり、夜の劇場公演までフリータイムの音響のゲーナさんを、ビリヤード室で発見してお願いします。

子どもたちのカリキュラムが決まっている中、先生に無理をお願いして作っていただいた時間に、ちっちゃな子からちょっと大きな子まで、百人の子どもたちが集まり、ミニＣＤ演奏会が催されました。念願の地で子どもたちに「いつくしみ」を届けることができた京子さんは、スヴェトラーナ先生の肩を抱いて涙ぐんでいました。子どもたちによって長年の願いを叶えてもらったのかもしれません。

演奏会の後は折り紙教室です。日本のように高価なゲーム機やたくさんのおもちゃがあるわけではないベラルーシで、通訳の古澤さんは、普段、時間があると孤児院や病院を訪ねて折り紙を教えているそうです。最初は、ていねいに教えていたのですが、鶴を折ったら子どもたちはすっかり気に入ってしまって、自分が折るより、折ってほしいと、いつしか私たちのまわりは、子どもたちの人だかりができ、押しつぶされそうな状況に近くなっていました。

次は私の、次は僕のと、いかに順番をとばそうかと四方から手が伸びてきます。しまいには、名前を書いてくれ、日本語を書いてほしい、この字はどういう意味か？……そして電話番号を書いてほしいというリクエストが殺到しました。

「あなたが大好き」と言って首にぎゅっと抱きついてくる子どもたちの可愛いのなんのって、あまりの幸せに、とうとう、やっぱり、どっちがボランティアなのかわからなくなってしまいました。

最後に、「電話を頂戴ね」と大まじめに言うオクサナとキレナが自分の名前と電話番号を書いてくれました。

お返しに子どもたちがくれたうさぎの折り紙は、作った本人にそっくり。それぞれに違った顔のひょうきんなうさぎに思わず笑みがこぼれます。やっぱり、私のほうが子どもたちに癒されている!! 子どものエネルギーってすごいですね。もし、私がある日「アリョー　エタ　ＭＩＮＥＫＯ」（こんにちは、ミネコです）と、日本から彼女の家に電話をしたら、この子たちは飛び上がって喜ぶかもしれないことを想像すると、なんて楽しいんでしょう。

昨日までまったく知らなかった私たちが、年齢や国境を超えて友達になりました。また再会する日を楽しみに、引率のスヴェトラーナ先生と連絡先を教え合ったのです。

夢のような二泊をして、劇場公演にも勝る感動と触れ合いの時間を過ごすことができたサナトリウム。京子さんと私は、「立派なホテルでなくてよかったね。ここでよかったね」と手を取り合って喜びました。どうやら子どもたちと出会えたこのサナトリウムが、私たちへの素晴らしい神様のプレゼントのようです。

スタッフからのプレゼント

ところが、私たちへのプレゼントはこれだけでは終わりませんでした。明日のMozir公演を控えて、サナトリウムでの最後の夜は、舞台スタッフが私たちのために野外でバーベキューを準備してくれたのです。空を見上げると満天の星空が一面に広がっています。あれが北斗七星、カシオペアと舞台助手のマキシミリアンが教えてくれます。田舎で他になんの光もない川のほとり、

鶴を持った子どもたちと京子さん（左端）と著者。

製作者とそっくりなおちゃめなうさぎたち。

焚き火に照らされたなじみ深いスタッフの面々、頭に落ちてきそうなほど近くに星たちがまるで光の洪水のように燦々と輝いています。

イスラエルの血が入っているというひょうきんなマキシミリアンが、にわかコックさんで、赤ワインに漬けた豚肉を水をかけながらゆっくりと焼いていきます。

肉汁がじゅーっと口中にしたたり、こんなにおいしい豚肉は生まれて初めてというおいしさです。舞台スタッフみんながお金を出し合って、私たちの為にこの材料を買ってくれたそうです。

この人たちはロシアやヨーロッパから多くの有名な歌手や演奏家がやってきて公演をするベラルーシで一番大きな国立劇場のスタッフです。

「いつもこのようなおもてなしをするの?」とイーゴリーに聞いたら、「こんなことは滅多にないよ。なぜなら、海外から来る有名なタレントはスタッフと一緒に食事をすることなどないからね」。スタッフたちがキムさんの音楽、人柄に魅了されていたのです。

モジール公演を終え、いよいよミンスクの最終公演を残すばかりとなった晩、ミンスクに向けてモジールを出発しました。屋根や窓が壊れて隙間風が入るバスの中で、スタッフにお礼の気持ちを込めてキムさんからCDが配られます。

やはり「いつくしみ」「ナビヤ」の入っているCDの人気が高く、数に限りがあるため、運よくこれをゲットできた人は、CDに口づけて、天を仰ぎ抱きしめていました。

彼らは、遠い国日本にとても興味を持っています。イーゴリーは黒澤明監督、北野武監督、相撲、K-1大好きです。ある時、彼からこんなメールがきました。「『葉隠』を読んだんだけど、意味がよくわからないところがあるから教えてほしい」というのです。日本人でも滅多に手にしない本を読んでいるイーゴリーに私はギブアップしながらも、彼が心酔している『葉隠』を読んでみたいと思いました。

また、音響のゲーナさんと映画「ラストサムライ」の話をしたら「サムライとは姿、形、身分のことではない。心意気のことを言うんだ。だから我々はサムライだ」と胸を叩いて誇らしげにいうのです。今の日本に、自分はサムライの魂を持っていると言い切る若者が何人いるでしょうか。私は彼の心意気に深く感動しました。ベラルーシのサムライ魂に乾杯です。

国家公務員である彼らは、仕事中であるということから、夕食のレストランでは、一滴のビールも飲みません。バスの中では、ちょっと解放され、乾杯と記念撮影が繰り返されていました。壊れたバスの窓から吹き込む隙間風に凍えた身体が、乾杯のウオツカで温まってきます。

スタッフたちは英語を話さないので、古澤さんを介しての会話になりますが、同じ目的に向かって一緒に過ごす触れ合いの中で、友情が育っていきました。

この国は日本より貧しいかもしれないけれど、人々は、心の豊かさ、友情、そしてなんといっても国を愛する気持ちを持っていると感じる場面に、いつも出合わせていただきます。

言うまでもなく、満席のスタンディングオベーションで幕を閉じた最終のパレスオブリパブリック劇場まで、四回の公演は大成功でした。

公演中はゆっくり言葉を交わす時間もなかったイーゴリーと私ですが、最後の公演、誰もいない舞台袖で偶然一緒になった私たちは、顔を見合わせて自然に手をつなぎ、音と光が溢れるキム・シンさんの舞台を見守りました。

多くのマスコミがインタビューに来場し、この公演の模様はテレビ放映や新聞、雑誌を通し、ベラルーシ各地に伝えられたのです。

最後に私たちは、ミンスク郊外にある「子どもたちの放射能による腫瘍の病院」を訪れました。

「ある日ラジオから流れてきた美しい曲の作曲者が、まさか今私たちの病院を訪れてくれるなんて、信じられない気持ちでいっぱいです」と迎えられました。

白血病で無菌室に入っている子どもに付き添っているお母さんは、「この子の病気が治る見込みがあるのなら、この子が苦しむ姿を見てどんなに辛くても耐えられるけど。私はこの子の痛みを代わってあげられないし、救ってあげられないのよ」と泣いていました。

汚染地と離れた首都ミンスク市で育った二十七歳のイーゴリーは、事故当時は幼く、放射能被害をあまり身近に感じたことはなかったそうですが、今回私たちと行動を共にし、そういった子どもたちの姿を直に見たことで、自分の国に起きた出来事の現実を知り、ショックを受けたようでした。そして、私たちがそのために遠く日本からやってきたこと、また自分がそのことに関われたことを喜んでくれました。

満天の星空の下、スタッフの手作りバーベキュー。

言葉は通じないけれど、音響・照明スタッフとの友情に乾杯。

京子さんは言いました。

「みねちゃん、イーゴリー君はあなたのためにこの公演をしてくれたのよ。ただひたすら、あなたに喜んでもらいたいために。スイスまで行って、JTインターナショナルにスポンサーをお願いし、また、ベラルーシ音楽協会からの招聘というタイトルをいただき、初めて行くキム・シンの公演にそこまで尽力してくれたのよ。彼は無口な人だけど、彼の姿を見ていると何も言わなくても彼の心を感じるの。これだけの規模の公演を大きなスポンサーをつけて、客席を満席にして、何も問題がなく終えるということは、どんなに大変だったでしょう。イーゴリー君のあの大きな身体を見るたびに感謝でいっぱいだったの。彼のお母さんが焼いてくれたクッキーはおいしかったね。いつも思い出すのよ」

私たちが出会ってから三年の月日が流れていましたが、それから年月が経つほどに京子さんの言ったことを思い出し、公演の直後よりさらに彼が示した誠意の深さを感じるようになっていきました。

平和への願い

スケジュールの合間にミンスク市の中央にある慰霊碑「涙の島」を訪れました。アフガン戦争で死んだ二万人の若者たちの死を嘆く母の像が立ち並んでいます。

ヨーロッパからの進軍により、全人口の三分の一にあたる二百二十三万人が虐殺され、九千二

「223万人虐殺、9200の村全滅」を記す石碑。

母たちの「涙の島」。

たった1人だけ生き残り、孫の亡骸を抱く祖父の像。

百の村々が全滅したそうです。その跡地には、たった一人だけ生き残り、孫の亡骸を抱く祖父の像が佇んでいます。

ナチスドイツによる大量殺戮は世界中に衆知されていますが、ベラルーシで二百二十三万人もの人々が犠牲になったことは殆ど知られていません。今のベラルーシの人々がドイツのことをどの様に思っているのかイーゴリーに聞いてみると「ナチスドイツは加害者だけれど、今のドイツの人々に罪はないと思っている人が多いでしょう」と。その言葉に、恨みによる報復の連鎖が戦争を繰り返している世界で、許しと共に歩んでいるベラルーシを感じました。

チェルノブイリ事故では、風向きがベラルーシを向いていたことと、告知が遅かったことが大きな被害につながりました。一見平和に見える美しいたたずまいに潜む多くの犠牲と、心から国を愛し、今を精一杯生きている人々の姿を重ね合わせずにはいられませんでした。


ベラルーシから帰国してしばらくした頃のことです。名古屋でのあるパーティに出席した京子さんをたまたま隣り合わせた上品なご婦人がじーっと見つめていたそうです。するとその婦人は、突然「私は、チェルノブイリのためにチャリティコンサートをして寄付を集めました。これをなんとかベラルーシに届けなければならない責任があります。いろいろなところを当たってみましたが、最も必要としているところへ百万円の寄付を届けるためには、どうしたらいいでしょうか。本当に困っているんです」と京子さんに聞いたそうです。

この方は、浅井大美子先生、長年世界中を回り、お琴の演奏を届けてボランティアをしている熱い思いを持ったお琴の大先生でした。

勿論京子さんとは初対面で、京子さんがベラルーシに行ってきたばかりだとは知らないのに、まるで〝神様のお引き合わせ〟としか考えられないような驚くお話です。

このご寄付はこの方たちの真心が最も助けを必要としているところ、あの小児病院に届けてほしいと、私は早速ミンスクのイーゴリーに連絡してコーディネートをお願いしました。

浅井先生は、次世代にこのボランティアを引き継ぎたいと、お弟子の若いお嬢さんたち三人を連れて、十月にベラルーシに向かうことになりました。病院や孤児院ででも演奏を届ける予定です。


九月二十五日、ベラルーシのイーゴリーから嬉しいメールが届きました。

「我々は、十月にベラルーシを訪れる浅井さんの寄付の件で、昨日、子どもの腫瘍の病院を訪れました。すると驚いたことに、応接室の手前でキム・シンの曲が流れていたのです。看護婦さんが言いました。〝私たちが疲れた時にこの曲を聴くと、心が癒やされて元気が出るんです〟。また、秘書の話によると、〝多くのお医者さんからこのCDをコピーしてほしいと依頼があるんですよ〟。MINEKO、私は、この日、私たちがした仕事の結果を見ました。そしてそれが無駄ではなかったということを知らされました。本当に幸せです」

こうして真心は、人から人へ伝えられていくのだと知らされました。

ルワンダへ

ある日の深夜、テレビで「ホテル・ルワンダ」という映画が流れていました。最初は娯楽作品かと思って気楽に見始めたのが、ルワンダで起きた大虐殺の実話を映画化した内容だと気づいた時は、もう遅すぎました。私は悲しい映画は辛すぎるから、できるだけ見ないようにして避けていたのです。昨日までの隣人や身内同士が殺しあう残忍な虐殺につぐ虐殺に、私はテレビに向かって「もう止めて！」と涙ながらに大声で絶叫していました。

それからまたしばらくして、私はBSでルワンダの大虐殺で傷ついた人々をサポートしているドキュメンタリーを見ることとなるのです。

ルワンダを襲ったこの出来事は全国民を巻き込んだため、殺人を犯した罪人をすべて断罪するというわけにはいかない事情があります。そこで、加害者から被害者への償いのプロジェクトを実践している人々がいました。キリスト教の信仰を基に、加害者には罪を償うために被害者の家造りをさせ、被害者には加害者を許すセミナーを行っていきます。

しかし、愛する人たちを目の前で無残に殺されて、加害者を許すことができるでしょうか。

この中で最も私の心を打ったのは、家族全員を殺され、たった一人になった虐殺孤児と言われる二十代後半の女性の言葉です。

「加害者をどうしても許せない自分が罪人ではないかと、自分を責めてしまうんです」私はこの言葉に胸が詰まりました。

日本の社会において、日々大小様々な諍い、嫉妬や悪感情によって人を傷つけるような出来事が起きているというのに、すべてを奪われたルワンダの女性が必死に前に歩もうと努力している姿に心打たれました。そして、加害者を許せないことで自分を責める彼女を励ましたい気持ちでいっぱいになりました。

「あなたのことを日本で見たよ」「あなたのことを応援しているから頑張って」と伝えたい、「日本であなたのことをたくさんの人が応援しているよ」と彼女の肩を抱きしめたいと思いました。なぜなら私も辛い時や悲しい時は、多くの人に助けられてきたからです。そして、後にも先にも行けないような悲しみに心がとらわれた時、「いつくしみ」を聴いてどれだけ救われたことでしょう。

私は、ルワンダを支援している団体を訪れ、ルワンダとメールのやりとりをしています。

これまでに延べ五十か国を訪れた私の海外訪問は、ほとんどがボランティアをするためでした。特に二〇〇〇年からは、ビザのページを増刷するほど各国を行き来しました。

日本に帰ると、税関の方に「ベラルーシ共和国ってどんな国なんですか。何があるんですか？」と聞かれるように、ベラルーシをはじめとして、ミャンマーのハンセン氏病の村やネパールの人身売買救済施設など、他の人があまり行かないところばかりを訪れました。

そのような地域で、私はどのような境遇でも目を輝かせて生きているたくさんの子どもたちに出会いました。いつも何かしてあげたいと思って張り切って出かけるのですが、私の方が感動し、癒され、反対に幸せにしてもらうことが多いのです。

これから、私に残された時間で、思う存分自分が大好きなことをし続けていくという我儘な生き方をしてもいいのではないかとも思っています。

ベラルーシ公演を終えて、ルワンダへ向けて、私の次の歩みは、ささやかながら前へ進み始めています。

おわりに

劇団を退団してから四年をかけて原稿を書きあげた私は、キム・シンさんのコンサート会場に座り、「いつくしみ」に心を委ねました。

これまでに世界の各地で、幾度この曲を聴き、人々と共にどんなに励まされたことでしょう。その場面と時々の思いは、私の生きてきた道のりに紡がれています。

国や民族が違っても、幸せや平和を願う気持ちはみな同じです。そして心が通じれば、名もないタクシードライバーから世界的なＳＦ作家まで、行く道々で出会ったみなさんが私に温かい手を差し伸べてくれました。

カンボジアの公演を成功させた時、もうこのようなアクシデントは二度と起こらないだろうと思ったのが、モスクワ、スリランカと三か国続いて起こりました。そしてそのことが、また私を鋼のように鍛えてくれました。奇跡とも言えるような出会いとサポートをいただき、多くの人々に喜んでいただく公演を行えたことは、本当に幸せです。

生まれてきた意味、私が生きていく意味は何だろうと思う気持ちが、このことを実現させていく原動力となり、様々な境遇に生きる人々に出会うことによって、多くのことを学び育てられたような気がいたします。

今はこれらの道のりを通して感じた悲しみ、苦しみ、喜び、幸せ、ある時は自分自身で心の傷口を治しながら進んでいくようなすべてに意味があり、糧であったということを感じています。

不遜にも、いつも私がしてあげるんだと思って出かけるのですが、帰る時には私のほうが、何もない人々から何ものにも代えがたい尊いものをたくさんいただいたという幸せな気持ちでいっぱいになりました。


私が大切な方にお花を贈るために、花屋さんを訪れた時のことです。

「予算は少ないんですが、すてきなお花をアレンジしていただけますか。今日は私の大切な方の誕生日なんです。応援してくださる方々のおかげで、私は世界中をボランティアさせてもらったんですよ。それでね、世界で私を助けてくれた沢山の人がいたこと、奇跡のような出来事があったということを本に書いたの。なんとその本が出版されることになったんですよ。私はお金はないけど、このお花で私の大きな感謝の気持ちだけは伝えたいんです」

「へえー、その本ぜひ読みたいわ。本屋さんで買えるの？　題名教えて」

おばさんは私の話を聞きながら足元をグリーンの葉っぱで埋めて、どんどんすばらしく、予算には見合わないことこの上ない大きなアレンジメントを作ってくれています。

「私たちは死ぬ時には何も持って行けないでしょう。両親や親しい人を見送る時につくづくそう思ったんですよ。だから私は、みんなに喜んでもらえるような生き方をしたいと思ってね」

すると、なんとオレンジと赤のコンビネーションカラーのバラまで差し込んでくれたおばさんは、「素晴らしいわね。どうしたらあなたのように思えるようになるのかしら、教えてほしいわ」と言いました。

私は「今からそう思えばいいだけですよ」。

「今から？　私でも、できるの？」

「そう、今日から自分のできることから始めたらいいんです。ボランティアは、十分なお金がある人だけがすることではなく、自分が生きている場所で、誰かのためにと思えば、今からでもすぐに、自分のできることから始められます。それを皆さんに伝えたくて、行動してもらいたくて、この本を出すんです」

言葉より行動、私にとってのボランティアは、私が生まれてから今までに受けてきた恩恵を返していく、そのような道のりであり喜びです。

「人は皆生まれながらにして、人を幸せにする天使力を授かっている」

私が生きていく中で、愛を贈り続け、たった一人でも幸せと感じていただけたら嬉しいのです。

このようなボランティアをした人間がいるということを通して、次世代の方々が、自分の感じたこと、できることから始めていただく参考にしていただければ幸いです。

このエッセイは二〇〇七年から「ホノルルタイムス」に連載したものです。

各国でお世話になった方々、また、執筆、出版に際し、ご尽力いただいた皆様方に、心より御礼申し上げます。

二〇〇九年三月

菊池峰子

著者プロフィール

菊池 峰子（きくち みねこ）

Mineko Kikuchi

福島県郡山市出身、共立女子大学卒。地方局アナウンサー、プロダクション代表を経て、7年間のボランテイア専任生活に入る。国際文化交流劇団マネージャーとして、チェルノブイリ放射能汚染地、ミャンマーのハンセン病の村など、世界の最も恵まれない11カ国で30万人を招待する公演を準備・実施する。化粧品会社顧問を経て、現在、㈱ムーンリヴァー代表として、講演「あきらめなければ奇跡はいつも隣合わせ」、セミナー「奇跡の天使力」を展開し、世界の子どもたちのために活動している。

㈱ムーンリヴァーHP：http://www.moonriver.co.jp

表紙写真撮影・カバーデザイン原案　「いつくしみ」作曲者 キム・シン

ムーンリヴァー

世界の30万人に感動の舞台を届けたボランティアの記録

2009年11月15日　初版第1刷発行

2012年6月5日　初版第3刷発行

著　者　菊池 峰子

発行者　瓜谷 綱延

発行所　株式会社文芸社

〒160-0022　東京都新宿区新宿1－10－1

電話　03-5369-3060（編集）

03-5369-2299（販売）

印刷所　広研印刷株式会社

ISBN978-4-286-07873-1　JASRAC 出0910817－901